胡定乐 著

我当心理咨询师遇到的那些怪诞事件

心理学十三大怪诞案例

贵州出版集团
贵州人民出版社

图书在版编目（CIP）数据

我当心理咨询师遇到的那些怪诞事件 / 胡定乐著 . —贵阳：贵州人民出版社，2017.4
ISBN 978-7-221-12489-0

Ⅰ . ①我…　Ⅱ . ①胡…　Ⅲ . ①长篇小说—中国—当代　Ⅳ . ① I247.5

中国版本图书馆 CIP 数据核字（2017）第 073678 号

上架建议：长篇小说

我当心理咨询师遇到的那些怪诞事件

胡定乐　著

出 版 人：苏　桦
责任编辑：祁定江　潘　乐
特约编辑：戚小双
封面设计：申亚申
版式设计：潘雪琴
内文排版：百朗文化
营销推广：悬疑志
出版发行：贵州人民出版社
（贵州省贵阳市观山湖区会展东路 SOHO 办公区 A 座　邮编：550081）
印　　刷：北京京都六环印刷厂
开　　本：880mm × 1270mm　1/32
字　　数：160 千字
印　　张：8.5
版　　次：2017 年 6 月第 1 版　2017 年 6 月第 1 次印刷
书　　号：ISBN 978-7-221-12489-0
定　　价：35.00 元

我当心理咨询师遇到的那些怪诞事件

胡定乐 / 著

楔子

因为我是学心理学的，而我姨妈是一名资深心理师，在北京有一所面积不大，但略有些名声的心理咨询中心，所以当我大学毕业后，理所当然地来到了她这所心理咨询中心上班。

姨妈的心理咨询中心除了一般心理咨询中心开设的各种心理障碍辅导、婚姻情感疏导、心理自杀危机干预等业务之外，还会受邀参与司法精神鉴定，也因此常常会遇到一些极端的心理精神病案例。

我复姓欧阳，名子瑜，大学毕业后便开始进入姨妈的心理咨询中心，到现在已经有十年之久。在这些年里，我曾遇到各种好玩、有趣、离奇、诡异的心理障碍案例。

这些案例说起来，或啼笑皆非，或拍案惊奇，或不可思议，甚至颠覆了我的人生观。现在，我就给大家讲讲我这些年遇到的那些怪诞事件。

在说之前，我得先介绍几个我们咨询中心的重要人物，首先自然是我姨妈赵璇女士了，她是我妈的亲姐姐，国内知名心理专家，从业三十余年，国内外获奖无数，是我们咨询中心的灵魂人物、顶梁柱。咨询中心之所以在行业里略有薄名，她起到了关键作用。

其次是张勋，我们咨询中心的中流砥柱，也是我的师傅。我们心理咨询师也跟其他行业一样，也有以老带新的传统，他其实年纪不大，就比我大个两三岁，所以平常不叫他师傅，叫张哥。

我这个张哥啊，人其实不坏，就是有点精分，工作上非常严肃、苛刻，说一不二，但生活上完全就是一个逗逼，口无遮拦，段子张口就来，跟个说相声的似的。

记得我第一天入职报到的时候，姨妈领着我来到他的跟前，将我们二人相互介绍之后，姨妈对他说："张勋，我外甥就交给你了，可别给我带坏了啊。"

张勋上下打量着我，然后左拍拍我的肩头，右摸摸我的脸蛋，来了一句：“嗯，肩很宽，皮肤很滑，高高瘦瘦，白白净净，眼带桃花，我看我们办公室以后是不得安宁了，但是赵总，请您放心吧，我会看住他的，不会让他随意祸害咱们办公室里的妹子，保证完成任务，绝对不会让他变坏的！”

听这话，就知道此人是个极品了，关于他的事后面我会细细道来。

第三位是大美女安翠芳，我们咨询中心另一个奇葩人物，安大美女因为人长得漂亮，从初中开始身边就不乏追求者，也曾轰轰烈烈地谈过几次恋爱，但都无疾而终，所以年纪轻轻，就有些愤世嫉俗。

然而她的那些经历，却为她负责恋爱婚姻这一块的工作提供了良好的帮助，谁要是因为恋爱婚姻想不开，找她准没错，保证你前一秒还是哭哭啼啼进去，后一秒就笑靥如花地走了出来。

以上是我在咨询中心接触最多，关系最铁，也与下面要说的案例关联性最大的三个人，所以在此特别重点介绍了一下。其实我们心理咨询中心还有一些很有意思的人，但在这里我就不浪费时间多说了，具体到事件牵扯到他们的时候，我再详细说明。

在此特别声明，我所说的案例均进行了大量的模糊处理，涉及患者的人名、地点皆用化名，某些特征和背景也做了相应的更改，仅保留了怪诞案例的名目和症状，至于情节则在真实案例的基础上，做了大量的艺术改编。如有雷同，纯属巧合，切勿对号入座！

好了，啰啰唆唆说了这么多，我实在有些迫不及待地要说那些年我遇到的那些怪诞的心理事件啦！

目录

CONTENTS

NO. 01

男子异食癖上瘾 / 001

赵文瑄面露疑色，翻开了塑料袋，突然狂喜地从里面抓起了一个东西就往嘴里塞，一旁的李达想要阻拦已经来不及了，韩晓翠当场呕吐了起来，干呕了几声，她站直身体，捂着鼻子，厌恶地看着赵文瑄，说了一句“你真不是人啊”，然后飞一样地跑了。

NO. 02

觉得自己是外星人 / 019

“好好好，我说，我说。”高大爷挥了挥手，然后严肃地跟我们说，“嗯，二位小哥，你们别嫌我磨叽，实在是因为接下来我要跟你们说的乃是本世纪最大的秘密，那就是——我，其实是一名外星人！”最后几个字说得斩钉截铁、掷地有声。

NO. 03
总感觉死去的丈夫纠缠自己 / 043

沈伯虎一事纯属意外，很快他的尸体就被送往了火葬场火化。在送去之前，唐米婉曾在殡仪馆里见到沈伯虎最后一面，那时的他，脸上很干净，瞪大的眼睛已经被合上，穿着合体的衣服，像睡着了一样。不知道是不是眼花，在沈伯虎盖上白布的那一霎，唐米婉似乎看到他突然笑了一下，当场她的毛发就竖了起来，想到那晚的梦，她心中更加忐忑不安！

NO. 04
拥有预言能力的女人 / 067

一次她从公司合作的报刊杂志上转载新闻时，发现某都市报上刊登的《一家三口自相残杀以致灭门》的新闻，跟她前一天画的漫画“夫妻俩发生争吵，妈妈掐死了6岁的女儿，丈夫一气之下又杀死了妻子，而后悬梁自杀”的情节一模一样。

NO. 05
认马桶的男高中生 / 085

自此之后丁小雨像着了魔一样，有了心理阴影，每次大号的时候，总担心马桶深处会突然伸出一只手抓他的屁股，为此经常方便一次，要挪动屁股好几次，来回掉头查看马桶有无可疑迹象，方可安心继续拉下去，就连那种蹲便式的马桶也不例外，频频低头看。

NO. 06
一心想做残疾人的长发美女 / 099

长大后，虽然她不再利用自残这种幼稚的行为来骗取关爱，但是假扮受伤来逃学已是家常便饭了，这种屡屡得手的结果，更是让她错误地以为当残疾人更好，每次见到残疾人她就觉得兴奋，有时候真恨不得自己也缺条胳膊断条腿。

NO. 07
这个神棍的符水竟然能治百病 / 113

在众多现身说法的村民中，其中有一名村民说，他早些年得了一场大病，换了几家医院都是束手无策，后来实在没办法了，他的家人抱着死马当作活马医的心态找到了刘洋，结果奇迹发生了，几碗符水下肚，他的病居然好了。

NO. 08
男子的左手拥有自己的意识 / 135

更要命的是，有一次，江涛做了一个噩梦被惊醒，当时周围黑漆漆一片，他感到有一只手正紧紧地箍着自己的脖子，试图勒死自己，自己正竭力用右手将那只手拉开，当他不断努力挣扎时，才发现那只攻击他的手其实是自己的左手。

NO. 09
男子认为家人都是冒牌货 / 147

没过多久，更要命的事情发生了，他开始觉得身边的人也越来越陌生。很快渐渐地将妻子忘记了，他和母亲及妻子虽然一起生活，但他一直把妻子当成陌生人。妻子回到家中，母亲去给她开门，汪宪知就觉得母亲很莫名其妙，不仅让陌生人进家门，还让陌生人在家中自由活动，吃饭、睡觉、拿钱都很自由，为此，他也和母亲提过，但似乎他的话没得到重视。

NO. 10
帅小哥有严重的恋足癖 / 165

不管何时何地，只要是单独跟女友在一起，他立刻像变了一个人似的，原先对女友的好，全部转化到对女友美腿的好，嘘寒问暖、关怀备至，吃饭的时候，他要先跟女友的美腿打招呼后再吃；走路的时候，没走几步，就要请女友坐下休息，然后他在女友的美腿上又是揉捏又是敲打；睡觉的时候，他必定要抱着美腿睡。

NO. 11
感觉自己是一切的主宰 / 181

田大奇作为事件的主角，和常人相异的反应也很值得玩味。难道他有特异功能？或者能预知未来？理智告诉我，这是不可能的！可如果不是，目前发生的一切该如何解释？我突然想起他跟我第一次见面临走之时问我的那句话“如果让你拥有所有的一切……”莫非这句话暗藏深意？

NO. 12
我到底是谁 / 201

他不信，他死也不信，怎么会好端端的一个大活人一下子大家都不认识了呢，这又不是在拍电影，说没就没的事，难道他们联合起来在整我？今天是4月1日吗？他精神一振，爬了起来，忙看手机，上面显示的是：8月9日，星期二。既然不是愚人节，那目前这个情况到底是怎么回事呢？

NO. 13
一个身体里住着三个灵魂 / 233

一般说来，在任何特定的时间段，内陆诸意识层的只有一种身份，称为主体人格。此时所有的情感、思想和言行都按照主体人格的方式活动，不显出另一身份的痕迹。不定期一段时间，通常是在受到精神刺激之后，可突然转变为另一完全不同的身份，一切情感、思想和言行按照后继人格的方式行事。

NO. 01

男子异食癖上瘾

案例编号：120070413

姓名	赵文瑄	职业	设计师
性别	男	婚姻	未婚
年龄	31	住址	北京朝阳区
症状情况	受了不良资料的误导，一次偶然的机会让他喜欢上吃臭虫，已有一年有余		
治疗结果	成功		

第一章

说到异食癖，大家都不陌生，经常有各种如爱吃铁、吃泥、吃玻璃或毛发的病例屡屡见诸报端，不断地刷新我们的认知，但你能想象还有人爱吃臭虫吗？我曾经遇到过这么一个奇特的异食癖的案例。

那时的我还没有单独出来挑大梁，依然在张哥下面当助手，我记得那天天气非常炎热，张哥并没有预约的来访者，因此我和他玩了一上午的跳棋，他胜多我几盘。下午我本想继续拉他玩，结果吃完午饭回到办公室，他将他的老板椅一抬一拉就平摊成了一张床，在我怨恨的眼神下，躺上去睡了起来。

我无奈地只好坐在沙发上，随便拿出一本心理学的书看了起来，正看得入迷，突然座机铃声大响，我走过去接听，顺口“喂”

了一声。

一个中年人的声音从话筒那边传来："是小张吗？"

声音有点耳熟，我想起来了，是张哥的警察朋友李达。我瞅了一眼依然呼呼大睡的张哥，回应说："李警官，我是张勋的助手欧阳子瑜，他在睡觉，我叫他接电话啊！"

警察找上门，肯定有重要的事，我不敢怠慢，连忙把张哥叫了起来。

刚刚睡醒，张哥人还有些迷糊，起初有一搭没一搭地在接电话，也不知道李达跟他说了啥，几句之后，他突然像是打了鸡血似的满血复活了，眼睛直发光。

回李达的话由原先敷衍的"哦哦哦"，变成了"啊啊啊"，嘴里更是频频吐出——

"我去，有这种事？！"

"真的吗？你确定？！"

"我不知道啊，我从来没遇过这种事。"

"这个我现在不好下结论，我得过去看看才知道。"

听得我真是丈二和尚——摸不着头脑。

"好好好，我马上过去。"张哥说完后，挂了电话，朝我打了个手势，高喊，"子瑜，走。"说着带头往外走去。

看他猴急的样子，我跟了上去，好奇地问："张哥，咋了？李警官跟你说啥了？"

“也没啥，老李抓到一个猥琐男，怀疑有精神病，要我过去看看。”

“猥琐男？犯啥事了？猥亵妇女？”

“是的，说是跑进女厕所里偷窥，被女事主当场逮了个正着，扭送到了派出所，但是警方询问的时候，死活不认，再三追问之下，竟然回答说进去是为了找臭虫吃。”

“我勒个去，不是吧，这借口也太假了吧。”

“是啊，老李等人自然不信，但猥琐男坚持说是为了找臭虫，并不是去偷窥。女事主一气之下，于是捉了一只摆在猥琐男面前。”说到这里，他回看了一眼跟在后面的我问，“结果你猜怎么了？”

我冷哼了一下说：“总不会猥琐男那么傻吃了它吧。”

张哥朝着我竖了一个大拇指说：“恭喜你，答对啦！”

“我去，真吃臭虫啊，看来是病得不轻啊！”

“是啊，女事主当场蒙圈了，所以老李请我过去看看。”

“猥琐男是不是得了异食症什么的？”虽然三观被毁，但职业的本能让我想到了这个。

“现在说不好，过去看看再说。”

说话间，我们已上了张哥的车，十分钟后，我们见着了李达。

第二章

都是熟人，那些客套的话彼此没多说，直奔主题。

李达跟我们详细说了一下这个事情的来龙去脉：

派出所邻街的中山路是这一片区比较繁华之地，在路中间地段有一所公共卫生间。女事主韩晓翠从旁边的商店里购物出来，走到公共卫生间时有些内急，于是进了公厕方便，结果刚刚完事，一出来，就看到猥琐男赵文瑄在女厕门口探头探脑、鬼鬼祟祟。

韩晓翠顿时大怒，上前大骂，赵文瑄似有不服，对骂了起来。

本来也没多大事，相互对骂上几句，二人气消了也就没事了，但赵文瑄的一句话——“像你这么丑的人，就算脱光了躺在我面前，我都懒得看，怕污了我的眼睛”彻底激怒了韩晓翠，她扯扯拉拉，硬是将赵文瑄拉到了派出所，要告他侵犯个人隐私权。

在派出所里，赵文瑄一再否认偷窥了韩晓翠，并称自己有个很漂亮的女朋友，但是对于李达质问他为何去女厕，他则沉默不语。

在李达的再三询问下，赵文瑄突然语出惊人地说：“我是去找臭虫吃的！”

李达和韩晓翠还以为自己听错了。

李达问赵文瑄："你刚才说什么？"

"我说我是去女厕找臭虫吃！"赵文瑄不紧不慢地又重复了一遍。

韩晓翠想当然地认为赵文瑄在耍她，勃然大怒地说："你要狡辩，拜托也找个好的理由吧，吃臭虫这种借口你也说得出来，我看你是病得不轻啊！"

"我就是去找臭虫吃，咋的，吃臭虫犯法啊！"赵文瑄淡然地回答道。

"很好，很好，吃臭虫，吃臭虫！"韩晓翠嘴里重复了两句，然后拂袖走了。

说到这里的时候，李警官顿了一下，接着说："我当时还以为韩女士生气走了，结果她出去没多久，手里拿着一只……咳……一只臭虫回来了，我给你们看看当时的监控……"说着他从旁边的电脑里调出了当时的摄像头记录。

我和张哥凑头看了过去：

会议室里，三人成三角形而坐，靠近门口的韩晓翠女士在说完"很好，很好，吃臭虫，吃臭虫"之后，突然站了起来，径直往会议室外面走去。

李达看着她的背影问："你要走了吗？"

韩晓翠并没有吭声，背影很快消失在了镜头之中。

李达跟赵文瑄说了一句："你先在这里坐着，我去看看。"说完他也消失在了镜头之中。他应该是去看韩晓翠了。

果然没过多久，他又回来了，李达跟赵文瑄说："韩小姐已经走了，赵先生，我希望你能老实交代，到底为什么去女厕？其实偷窥也不是什么大事，既然韩小姐都不告你了，只要老实说明情况，做完笔录，你就可以走了。"

"警察先生，我没骗您，我真没偷窥她，我就是想进去看看……"赵文瑄顿了一下，继续说，"就是去看看有没有东西吃。我坦白跟您说吧，我有异食癖，喜欢吃……吃……吃臭虫。"说到最后的时候，他有些不好意思地低下了头。

"啊?！"李达停下做笔录，盯着赵文瑄，惊讶得差点连下巴都要掉了。

就在这时，面画里突然又出现了韩晓翠，她手上提着一个塑料袋，走到赵文瑄旁边，将东西丢在他面前说："你不是说你喜欢吃臭虫吗？这是我刚刚捉的，有本事，你就吃了它。"

赵文瑄面露疑色，翻开了塑料袋，突然狂喜地从里面抓起了一个东西就往嘴里塞，一旁的李达想要阻拦已经来不及了，韩晓翠当场呕吐了起来，干呕了几声，她站直身体，捂着鼻子，厌恶地看着赵文瑄，说了一句"你真不是人啊"，然后飞一样地跑了。

李达连忙跟赵文瑄说："赶紧吐出来，去洗手间洗洗。"

赵文瑄连连摆手说："不用，不用，喝杯水就好了。"

李达只好倒了一杯水递给他。

赵文瑄接过水，没急着喝，像是在品味什么山珍海味般，老神在在了好一会儿，才端起那杯水喝了下去……

李达问赵文瑄：“天哪，你怎么吃这玩意儿啊？”

赵文瑄一点也没觉得不妥的样子，回答道：“嗯，我刚刚就说过了嘛，我有异食癖。这东西挺好吃的，跟吃螃蟹一样，清香可口……”

李达打断说：“好了，你别再说下去了，我知道了……”

视频播放到这里，李达按下了暂停键，然后看着我们，无奈地说：“事情就是这样，当时我都蒙圈了。”

张哥问：“那一只真的是臭虫吗？”

李达点头说：“是的，当时还活蹦乱跳，看得我都想吐。”

张哥又问：“赵先生来到派出所之后，除了吃臭虫之外，还有其他异常举动不？”

“没有。”李达摇头说，“自始至终都表现得很正常，所以当时我估计就是有点偷窥的坏毛病吧，谁知道后来……唉，老实说吧，我之前也曾抓过什么偷女人内衣、内裤的贼，偷窥女人洗澡的猥琐男，但是像赵先生这种情况，我真是闻所未闻。事后，我跟领导汇报了一下情况，领导的意见跟我想的一样，都觉得事不大，做完笔录就让他走算了，但是又本着负责任的态度，想着万一他有什么毛病，就这么走了，以后出点什么事，那就糟糕了，所以就让我请个这方面的专家过来看看，我第一个想到了你。小张，你见多识广，这事你怎么看？”

张哥摸着下巴说："嗯，我可以先跟他聊聊吗？"

李达爽快地回答说："当然可以。"

第三章

说着，李达领着我们来到会议室里见到了赵文瑄。在路上的时候，我一度猜想猥琐男应该会是个不修边幅、眼角低沉、面目可憎的猥琐大叔，虽然刚刚从监控视频里看到他的真实面目，是个三十出头的年轻人，看上去挺精神的，完全推翻了我之前的猜想，但这时见到他本人，还是觉得大大出乎我的意料。

这哥们儿还真是个小鲜肉啊，身材不高，但是比例均衡，留着一头长发，戴着一副银色金属细边眼镜，看上去文质彬彬的，浑身上下透露着艺术的气息。

赵文瑄对于我们的到来，觉得很诧异，疑惑地看着李达。

李达忙说："赵先生，这两位是心理咨询师，他们先跟你聊聊。"

赵文瑄显得有些不爽，面露怒容，看了一眼我和张哥之后，冷冷地说："我没病，不需要看心理医生。"

"他们并不是来看病的，就是想跟你聊聊。"李达忙解释说。

"没这个必要。李警官，今天这事完全是个误会，我该说的都已经说了，如果没啥事的话，我是不是可以走了？"赵文瑄断然拒绝了。

“这个……”李达想不到赵文瑄会这么说，有点语塞，不知道如何回答。

“那我就先走了，李警官，谢谢啦。”说完后，赵文瑄站起来，转身要走。

张哥这时开腔说：“异食癖的确不是一种病，它是一种心理疾患，有这癖好的人，有的喜欢吃土，有的喜欢吃棉花，有的甚至喜欢吃玻璃，如果检查之后，对身体并无大害，戒不掉也算了，但是赵先生你这个嗜好，如果不戒掉的话，难道想以后一辈子都这样吗？”

闻言，赵文瑄身子一震，停住了脚步。

见他有些心动，我火上浇油地说：“是啊，哥们儿，我看你穿得这么体面，人又长得这么帅，肯定有一份很不错的工作和一个很漂亮的女友，要是公司或者女友知道你这个嗜好，他们会如何看待你？是会给你竖两个大拇指，大赞你是牛人，还是会像见鬼一样退避三舍，从此老死不相往来？我想答案是显而易见的！”

赵文瑄转回身体，紧绷的脸上有了些许缓和，他看着我们说：“你们想跟我聊什么？”

“来来来，都别站着，坐坐坐……”一看事情有转机，李达招呼我们坐下，然后说了一句，“你们慢慢聊，我有事先出去了，有需要随时可以叫我。”说完，很自觉地走了。

张哥坐定之后，直奔主题地问赵文瑄：“赵先生，冒昧地问一下，你是如何有的这种嗜好？”

赵文瑄低头想了一会儿，抿着嘴半晌之后方才开口说道：“大概一年前吧，有一天我在网上瞎溜达，无意中看到了一个帖子，说的是日本奇葩食物，内容描述说日本有一道非常昂贵的菜肴叫臭虫大餐，精选各种臭虫，先将它们用温水浸泡，抽尽它们的秽气，接着用酥油和各种调料放进锅里熬煎，然后卷饼吃，这道大餐主要盛行于日本上流社会……”

听到这里，我忍不住插嘴说：“不是吧，居然有这种菜肴？！”

赵文瑄说：“我也不知道，反正那个帖子里图文并茂煞有介事地在说，最后还引用了日本一所什么大学最新研究说，臭虫中含有多种特殊的成分，其中的部分成分可以起到意想不到的减肥效果。”

“你……”我本想继续发表感慨，这时张哥在桌子底下碰了我一下，我知道他是让我不要打断赵文瑄说话，我立刻会意，忙改口说，“那你就信了吗？”

“起初我也没信，很快就忘记了，可是……可是有一天，我在家里做设计，突然看到床底下爬出一只小臭虫，我正要一脚踩死它的时候，脑子里莫名蹦出了那篇吃臭虫内容的帖子，然后也不知道怎么了，像是被鬼迷了似的，将它捉了起来，送进嘴里，奇怪的是一点也没觉得臭或者恶心什么的，反而还感到挺美味的……有了第一次就有第二次，后来陆陆续续我又吃了几次，我甚至学那帖子里的办法，捉了好几只做成了一道菜，味道果然不同凡响，于是像上瘾似的到处捉臭虫来吃……”说到这里的时候，赵文瑄的头低得已经不能再低了。

“嗯，我大概知道了。赵先生，很感谢你的信任，对我们如实告知，看得出来，你也知道吃那玩意儿不大好，你就没有想过戒掉吗？”张哥问道。

赵文瑄抬起头来，有些无奈地说：“我想过要戒掉，但是就像吸毒上瘾似的，隔几天不吃，就浑身难受得要死，曾经坚持过一个月不吃，那时候胃口全无，吃什么都觉得无味。一个月下来人整整瘦了二十斤，都快瘦成皮包骨了，吓了我一大跳，后来就慢慢又吃上了……”

“异食癖是一种比较难戒掉的心理失常行为之一，它不仅需要强大的意志力，还需要在保证营养充足的前提下，有计划、分阶段逐步戒瘾。单靠自己一个人，没有任何监督和配套，是很难根治的！”张哥顿了一下，继续说，“我本想再好生跟你说说，但这里是派出所，我们不便多留。这样吧，赵先生，如果你信得过我的话，我希望你有空能来我们咨询中心坐坐，我之前曾经治好过多例类似患者，对此略有一些经验。”

“我愿意。”赵文瑄点头说，“其实我也想过找心理医生看看，只不过一直没敢去。张医生是李警官请过来的，我自然信得过。”

张哥递给他一张名片，然后说："这里有我的电话和地址，欢迎你随时来。在来之前，我希望你能先去医院体检一次，尤其要查一下胃镜和微元素，前者是看你胃有没有什么事，后者是看你缺什么元素。异食癖很多时候是因为体内缺乏锌、铁等微量元素造成的。有了这些报告，我就可以对症下药给你一些更好的治疗建议。"

"谢谢！"赵文瑄收好名片后，回答道，"好的。"

我见事情办得也差不多了，出去请了李达回来，顺便跟他说了说赵文瑄的情况。当他得知赵文瑄愿意去我们咨询中心接受治疗时，连连说"这就对了"。临走时，他拿着早已准备好的笔录要赵文瑄签字。

签字的时候，赵文瑄突然想起来什么，请求道："李警官，能不能请你帮个忙，这上面肯定有韩小姐的联系方式吧，能不能请你代我打个电话向韩小姐道个歉。本来应该是我自己打的，但是……我觉得不好意思！她一定觉得我是个变态狂，另外还想请你帮我跟她说说，希望她不要……不要将我的坏毛病说给外人听。"他抬起头来，满脸期待地看着李达。

李达点点头，打包票地说："好的，没问题，包在我身上！"

赵文瑄感激得连连称谢，他似乎也想尽快戒掉自己的异食癖。在派出所的大门口，他跟我们约好一周之后，带着体检报告前去拜访我们，然后就跟我们分道扬镳了。

第四章

在回咨询中心的路上，张哥突然拍了我脑袋一下，冷哼一声说："小子，刚才就属你话最多，最重要的事忘了没？"

"我哪有嘛，就多说了一句话而已。"我摸摸被拍的脑袋，然后扬了扬手机，嬉皮笑脸地说，"全程我都录了音，放心吧，我的张哥大人。"

"那就好，回去后，你好好整理一下归下档。"

"是！"我双手抱拳作了一个揖，"谨遵君命！"

"好了，不瞎掰了。"张哥正色道，"子瑜，关于赵文瑄的异食癖，你怎么看？"

我知道他这么问，是在考我，于是严肃地回答说："异食癖产生的原因一般主要分为两种：一种是身体缺少营养或者微量元素，另外一种是心理因素。我感觉赵文瑄应该属于后者，是一种心理失常的强迫行为，他刚刚开始吃臭虫的时候，只是一时好奇而已，后来习惯成为自然，慢慢成了一种条件反射，从而不可自拔。"

"为什么不是第一种呢？他的体检报告都还没有出来，你咋知道他缺不缺营养呢？"

"这个嘛，主要是看他气色不错，头发柔顺光泽，不像是缺铁、缺锌的样子，所以猜想他第二种原因会居多一些。当然不否认他有可能是第一种。”说完后，我觉得不对劲，赶紧又补了一句，“另外啊，张哥，不带你这么挖坑让人跳的，是你问我怎么看的，我就是这么看的！”

“好好，算你有理，现在假定赵文瑄属于心理因素造成的异食癖，人交给你，你会怎么治疗？”张哥皮笑肉不笑地看着我问。

我怕他又借机挖苦我，事先说明道：“张哥，我首先声明啊，我之前从来没有治过这种心理疾病，知识完全停留在书本上，有什么不对的，直接指出来，你别再给我挖坑啊。”

“废话还挺多的，有啥办法快说。”

我一本正经地说：“第一是给他寻找替代物，用类似口味的东西来取代臭虫；第二像减肥一样给他设定目标，监督他按量完成；第三配以相关药物辅助，虽然我觉得他不一定缺铁、缺锌，但相应地服用一些铁剂或硫酸锌也是大有益处的。”

“嗯，治疗方案还不错，就算赵文瑄是第一种情况，照此方案执行同样会有成效。如果他下周来的话，我就按照你的方案让他去执行，怎么样？！”

我激动地说：“这么给面儿啊，有点小激动呢。”

张哥话锋一转，接着说：“不过这里有个问题，那就是你准备用什么代替品来取代臭虫？”

我挠着后脑勺说：“呵呵，这个嘛，我还没有想好。张哥，你说用啥东西代替好呢？”

“这治疗方案是你出的，你应该心中有底啊，问我干吗？！”

“张哥，别这样嘛，我这不是水平有限嘛，不然的话，咋会是在你手下当学徒嘛。你本事大，经验多，人又帅，脾气又好，最最重要的是乐于助人，帮我想想嘛。”

“哼，整天吊儿郎当，说话没大没小，这时候想到我是你师傅了。”张哥冷哼了几声后，干咳了一下说，“其实替代品很简单，有时候你不是也会去小地摊儿买那玩意儿吃吗，就是那种一串一串的，小时候你还养过呢。”

一语惊醒梦中人，我拍了一下大腿，叫道：“蚕蛹！对对，用蚕蛹来替代臭虫真是再好不过的啦！张哥，你真牛啊，小弟佩服！”

张哥笑骂道：“少拍马屁，今天又教你一招，下次要请我吃饭！”

“必须的！”

一周之后，赵文瑄带着体检报告如约来到了我们心理咨询中心。体检报告显示，他的胃并没有什么不适，只是血液里的含锌量偏低了点，其他的指标都在合理范围内。

看来他异食癖产生的原因营养和心理上均有，张哥把我提出的治疗方案完善了一下，列成一个大大的指导表，并补充了食疗部分，按疗程一步一步地监督赵文瑄完成既定目标。

如此这般，赵文瑄在接受我们的治疗方案一年后，终于成功戒除了自己的异食癖，然而前面已经说了，异食癖是一个比较难搞的心理失常行为之一，不仅需要一套完善的计划，还需要很强的自控力。赵文瑄这一年来的痛苦和煎熬，只有他自己知道，旁人真是无法想象！

NO. 02

觉得自己是外星人

案例编号：120070815

姓名	高大爷	职业	退休人员
性别	男	婚姻	已婚
年龄	67	住址	北京海淀区
症状情况	小时候一个奇怪的梦，长大后的各种不顺，年老时候的怪病，更加坚定了自己就是外星人的想法		
治疗结果	失败		

第一章

关于有没有外星人之说，目前尚无定论，在从事心理咨询行业这些年以来，我见过自称被外星人抓去做研究的来访者很多，但认定自己就是外星人的只有高大爷一人。

为了证明自己是外星人，高大爷罗列了一大堆证据，有些不过是无稽之谈，不过有的却真的值得让人思索！

高大爷是被他老伴张大妈硬拉到我们心理咨询中心的，当时来的时候，我跟张哥正玩跳棋玩得热火朝天。

那天我们的赌注是谁输一盘，脸上就多夹一个夹子，为此我们都很拼。本来一向输多赢少的我，更是铆足了劲儿，宁愿多想想也不轻易跳棋，一上午下来竟然跟张哥打了个平手，俩人脸上的夹子一样多，都成了狮子脸。

高大爷本来心情就有点不爽，见我们这样不成体统，更显不屑，嘴里叨咕着说："都啥玩意儿，我就说不来吧，来了干吗，看大猫吗？"他喋喋不休地埋怨着老伴，吵着要走。

"叔，慢走。"张哥反应就是快，迅速摘下了脸上的夹子，然后健步走到高大爷面前说，"来者都是客，都进门了，不妨进来坐坐，喝杯茶。"

高大爷还想走，但被张大妈硬拉了回来。我趁着空当，拿下了脸上的夹子，收拾好了跳棋，招呼着二老入座，又赶紧泡上了茶，这速度和效率，我都开始有点佩服自己。

"叔叔、阿姨，我叫张勋，他是我的助手欧阳子瑜。"高大爷和张大妈坐定后，张哥简单介绍了自己和我之后问，"不知道我们有什么地方可以为二老效劳的？"

高大爷似乎还在气头上，脸撇向一边，没有吭声。张大妈瞟了他一眼，回答说："我家老头子他有病！"

"病"字一出口，高大爷就来气了，怒气冲天地说："我没有病，我没有病，跟你说了一万次了，你咋就不听呢？"

张大妈也有点急了，叫嚷着："你还说你没有，你说你自己是外……"

张大妈话还没说完，高大爷就像被人踩着尾巴似的跳了起来，忙捂着她的嘴，不让她继续说出来。张大妈连忙将他的手推开，这一来一回，不小心将桌上的茶杯打翻了，水洒了一桌。

二人吓了一大跳，张大妈嘴里连说了几声“对不起”，说着就要收拾。

“没事，没事，我来，我来！”我连忙走了过去，一边说，一边动手收拾着，很快桌子就收拾好了，茶也重新换上了。

“姓高的，你给我听好了啊，你再敢捂我的嘴，我就跟你没完！”张大妈这时似乎已经气急了，她指着高大爷继续说，“今天必须在这两位心理专家面前老实交代你心中的宝贝疙瘩秘密，不然的话，你休想离开。说，那事是你自己说呢，还是要我说！”

天底下哪个男人不怕老婆，闻言，高大爷顿时有些反了，他低着头，皱着眉，半晌没有吭声，似乎在天人交战，突然喘了一口粗气，好像下定了主意，喃喃地说：“好吧，还是由我来说吧。”

说完，他抬头看着我和张哥，严肃地说：“二位小哥，今天我豁出去了，现在我就告诉你们我的真实身份，但是你们一定要答应我，绝对不会泄露出去啊。”

心理咨询师第一条铁律就是未经当事人允许绝对不会将当事人的资料随意泄露，这点张哥和我自然早明白不过了，当即我俩拍着胸脯向高大爷保证一定会严守秘密。

末了，张哥补充说：“叔叔，您放心，我们是有职业操守的，您有什么尽管说，我们保证不会外泄！”

高大爷探头探脑，环顾了办公室一圈后，谨慎地再次问我们：“你们确定不会隔墙有耳？”

我正好靠墙边近，退了几步，走到墙边，敲了敲墙壁，保证地说："绝对没有，墙壁都是实心的。"

张大妈催促道："老头子，磨磨叽叽干啥呢？屁大点的事，搞得像要说什么国家机密似的。你到底说不说，不说我可要说了啊！"

"好好好，我说，我说。"高大爷挥了挥手，然后严肃地跟我们说，"嗯，二位小哥，你们别嫌我磨叽，实在是因为接下来我要跟你们说的乃是本世纪最大的秘密，那就是——我，其实是一名外星人！"最后几个字说得斩钉截铁、掷地有声。

然而我和张哥一听都觉得有些好笑，左要我们保证，右要我们发誓，我们还以为会有什么惊天大秘密，结果搞了半天，他只不过说自己是外星人。我忍不住调侃起来问："哦，您是外星人啊，那您来自什么星球？"

高大爷摇头说："这个我不知道，但我想我应该是来自水星，因为我不怕水。"

"那您有什么特异功能？"

"好像也没有，但是我头比平常人大。"

"咳，大爷，水星上是没有水的，"我反驳道，"另外很多人头都很大，我还见着比您头更大的人……"我本想继续调侃他几句，这时候，张哥干咳了一声，我立马知趣地闭上了嘴。

"小伙子，我知道你不信我，不过不要紧，我有充分的证据能证明自己的身份！"高大爷非常自信地说。

张哥这时问："您有什么证据呢？"

"这就是我的证据之一！"高大爷突然将左手的衣袖挽了上去，只见上面有一道像是闪电的疤痕，他指着这个疤痕，接着说，"这个标记就是我是外星人的证明。"

"为什么这么说呢？"张哥追问道。

"小伙子，我跟你说，我这个标志是有来历的，在我八岁那年的夏天，有一天中午，我趴在桌子上睡觉，做了一个很奇特的梦，梦里我被两个眼睛大大的、皮肤泛绿色的小矮人带到了一个'圆盘'似的房间里。他们脱光了我的衣服，然后在我身上插上了各种管子，我当时吓得要命，拼命挣扎，手臂不知道碰到了什么地方，当场像是被电击了一下，疼得眼泪直流，这时脑子里传来一个声音'别怕，孩子，我是你的同类'，不知道为啥，我就安静了下来，接着我就昏死过去了。等我醒来的时候，我就看到我的左手臂上出现了这么一个疤痕，这应该是我梦中挣扎时不小心碰到什么东西被电伤的痕迹。很明显，我做的那个并不是梦，而是真实发生的。那两个绿色的小矮人是外星人，那个'圆盘'是飞碟。"

我和张哥凑近仔细看了看高大爷左臂上的疤痕，它长有四厘米左右，宽有半指，像是被什么闪电形的东西深深烙上去似的，看上去有些触目惊心。

张哥眉头微微有些皱，问："也就是说，因为这个梦之后，您开始觉得自己是个外星人？"

“当然不是，你别以为我老糊涂了，我心里明白得很，八岁那次与外星人打交道极有可能是一场梦，对于我自己的真实身份，开始我也只是怀疑，但是后来在我十六岁那年和二十岁那年发生的两件事让我开始深信不疑自己就是个不折不扣的外星人。”

高大爷喝了一口茶，继续说：“我父母在我六岁那年因为车祸双双去世，我是由我奶奶带大的，但是很遗憾，在我十六岁那年，年事已高的奶奶也撒手人寰了，那段时间我的心情很低落。有一天晚上我坐在客厅里看着墙上奶奶的遗像发呆，突然外面从天而降一道强光，然后有两个眼睛大大的、皮肤泛绿的小矮人出现在了我家门前，我一眼就认出他俩就是我八岁那年做梦遇到的那两个外星人。我以为他们又来抓我去做实验，赶紧撒腿想跑，结果刚刚站起来，身子就像被点穴了一样，动弹不得，脑子传来一个声音说：‘别怕孩子，我们是来看望你的。’然后二人瞬间到了我的身边，他们似乎也知道我心情不好，陪我聊了好一会儿，虽然现在我已经忘了当时我们聊的是什么，但我记得我那时很开心。”

“然后呢？”张哥问。

“然后他们把我请到了飞碟里，又在我身上插上了各种管子，再然后我就昏死过去了。等我醒来的时候，我发现我就在自己的床上，而此时天已大亮。”

“哦，那您二十岁那年发生了什么事？莫非也与这两个外星人有关？”

“是的，我二十岁那年跟你张大妈结婚啦，结婚当天因为高兴多喝了几杯，半夜醒来找水喝的时候，我突然看到窗外亮堂得很，宛如白昼，于是好奇地探头一看，霍然发现有一艘飞碟停在外面，那两个与我已经有两面之缘的外星人又出现了，那时的我竟然一点也不害怕，跑了出去见他们。他们是来恭喜我结婚的，我们像是多年未见的老友在此重逢，相谈甚欢，从我身上取走他们需要的数据之后他们就走了。”

第二章

听到这里，我坏毛病又犯了，多嘴问道：“所以您就深信自己就是外星人喽！”

“嗯，经这三件事，很显然我跟他们有莫大的关系，并且他们亲口告诉过我，我是他们的同类！”

“那您觉得您来地球的目的是什么呢？”

说完这话，张哥瞪了我一眼，我吐了一下舌头，眼光瞟向其他地方去了。

“我觉得我应该是被派来做间谍的，他们将我伪装成了人类，让我观察人类生活状态，然后不定时地从我身上提取这些材料，后来我又梦到过一两次这样的情节。近年来，我发现我脑子空白的时候越来越多，我想应该是被他们请上飞碟提取资料去了……”高大爷一本正经地回答了我的问题。

“咳……”张哥似乎有些无语，话题一转继续问，“叔叔，您不是说还有其他证据吗？您给我说说好吗？”

“当然可以，第二个证据就是我从小到大，从来没有生过病，更没有吃过药打过针，我已经六十七岁了，身体依然强壮得跟个三十多岁的人一样，地球人哪会有这么好的身体，你说是不是？！”高大爷一边说，一边握着拳头，晃悠着身子，以便显示他的身子是如此硬朗！生怕我们不相信，他最后还补了一句，“你们不信，可以问我老伴，这点她可以为我证明！”

张大妈点点头说：“我家老头子这点说的倒是实情，他的身体确实挺好的，我二十岁就嫁给他了，跟他结婚都快五十年了，从来没见他生过病，一次发烧感冒都没有。他最大的问题，就是一直都说自己是个外星人，以前我就听听算了，都听几十年了，耳根早就起茧了，可是他最近变本加厉，背后不知道染了什么病，都逐渐硬成一块了，要他去医院看看，死活不肯，反而说什么他就要现出原形了。”张大妈看着我和张哥，满怀期待地说，“今天他肯来这儿，也是我连哄带骗带过来的。两位专家，你们说我家老头子是不是心理有毛病啊，如何能治好啊？！”

“阿姨，您少安毋躁，现在我们还不好下结论，先等叔叔说完后再说好吗？”张哥安慰了一下张大妈，然后转向高大爷说，“叔叔，刚刚阿姨提到说您背上有一块什么硬邦邦的东西，那也是证明您是外星人的证据之一吗？”

“是的，这是我的证据之三，前面那两个证据，我有可能会被反驳得无话可说，但这第三个证据那可是铁证如山啊。”说到这里的时候，高大爷声音突然降低了许多，他压着嗓子说，“我背部肌肉开始慢慢消失了……”

他的话让我和张哥吓了一大跳，张哥忙问：“您的背部怎么了？”

高大爷将背部掀开了一角，神秘地说：“你们看看是不是肌肉明显少了很多。如果你摸一摸的话，可以感觉到硬邦邦的一块。”

我和张哥走近一看，果然如此，高大爷右侧的肩胛骨出现了巴掌大的包块，摸上去质地比较硬，像骨头一样。

“原先只是一点点，现在越来越大，我想用不了多久，整个就会出来，那时候，我的真身就显现出来啦！”高大爷得意扬扬地说。

虽然我不懂医，但出现这种情况肯定不是啥好事，不由得暗暗替老爷子担忧。

张哥表情凝重地说：“叔叔啊，您背上长了这么一大块东西，得上医院查查啊，要是面积大了，整个人都包在里面了，您说这人还能活吗？”

“怎么不能活了？我的真身出现后，那就意味着我的任务完成了，到时候我就可以返老还童，然后母星那边派飞碟过来接我回去了。”高大爷深情地看着张大妈说，“当然啦，老伴，你放心吧，到时候我会带你一起走的，我哪舍得抛下你。”

高大爷非常开心，随后 45° 视角仰望着窗外，眼神充满了期盼，好像下一秒外星飞碟就会飞过来，接他回去似的。

张大妈忍不住叹了一口气，眼角微微有些湿润。不知道是因为看到老爷子病得这样难过呢，还是因为老爷子刚刚这一句话让她感动不已。

张哥摸了几下下巴后问高大爷说：“叔叔，那两个外星人后来您可曾经再见过？”

“见过，在我儿子五岁那年，我又见到他们了，他们说我儿子天生异禀，是个可造之材，然后将我的儿子带走了，说二十年后再让我们父子相见，不过他们失约了，现在都过去四十多年了，他们都没让我跟我儿子相见，我想应该是遇上什么事了吧，不过我相信他们肯定会把我儿子照顾得很好，并且很快我们就会相见啦。”

“什么外星人带走的，明明是被两个骗子当着你的面拐走了我们的孩子，到了这个时候，居然还以为是外星人干的。”张大妈说着说着情绪激动了，最后崩溃地哭了起来，“呜呜呜呜……我可怜的孩子，也不知道你现在是死是活……”

闻言，我和张哥都有些丈二和尚——摸不着头脑，张哥忙安慰张大妈问：“阿姨，您别激动，您儿子的事到底咋回事啊？”

“我家孩子五岁的时候，他生日那天，老头子带他上街玩，但是下午回来的时候，就只有老头子一个人，我问他咱娃去哪里了，他说被两个外星人带走了。刚开始我还以为他是跟我开玩笑呢，结果他真的是把孩子弄丢了。我出门去找，找了半天也没找到，于是报警了。警察过来调查，可老头子一口咬定孩子就是被外星人带走的，并画了两张外星人的画像，警察还以为他疯了呢，最后案子就这么搁浅了。”张大妈红着眼睛，哽咽着断断续续地说，“我想应该是两个人贩子假装自己是外星人骗了我家老头子，拐走了孩子。为这事，我们吵过许多次，还差点离婚。这些年来，我一直在打听我家孩子的下落，但是一点消息都没有，唉……”

“哼，反正不管你怎么说，我就认定我们孩子是被那两个外星人带走的，并且很快我们一家三口就会团聚！”高大爷依然坚持着自己的看法。

我勒个去，居然有这样的事，这老头可真是病得不轻啊，真是可怜之人必有可恨之处。

“叔叔，最后一个问题，除了这次之后，您后来还见过那两个外星人吗？”

“没有了。”高大爷摇了摇头，不过又坚定地说，“不过我脑子空白的时候还是出现过数次，这跟那两个外星人从我脑子里提取资料后，我大脑一片空白是一样的，我想他们应该跟我见过面，只是出于某种原因，或许是因为我儿子的事，他们觉得不好意思，又删了我们见面的记忆。”

“叔叔，听您说了这么多，大概情况我已经知晓，如果换作我是您的话，我也会觉得自己是个外星人。不过我觉得您之前可以跟那两个外星人见面并聊天，现在却不行的原因，并非是您儿子，我想更大的可能是因为您没有按时完成任务，母星那边的人为了惩罚您，不让你们父子见面，并且给您注射了什么物质，以至于身子变成了这样子。”说到这里，张哥语气加重了几分说，“我的建议是您要不先去医院看看，确定一下是不是外星人在您身上做了什么手脚，如果不是，您继续等着，安心做间谍，然后等到他们来接您，如果是，您早些治疗，不能就这么白死啊！”

我知道张哥说这话的用意，像高大爷这么固执的人，硬催他去看医生肯定不成，得顺着他的意，绕着弯劝说他。

高大爷一听，陷入了深思，好一会儿才说：“小伙子，你说的也不无道理。”

“叔叔，正好我在北京 ×× 医院，有个认识的朋友，要不，现在您和阿姨过去看看？”张哥进一步引导着他。

我知道张哥说的是谁，是北京 ×× 医院主任医生贺进。

“你这朋友靠不靠谱，万一在检查我身体的时候发现我是外星人，然后就不让我走了，那可怎么办？”

“这点您放一万个心，我那个朋友跟我是死党，我事先跟他打好招呼后，他就不会外泄了，我以性命担保。”

“好吧，小伙子，那你先联系看看。”

“好的。”说完，张哥就给贺进打了个电话，简单说明了一下高大爷的情况，请他多多关照，随后把贺进的手机号码抄给了高大爷。

高大爷拿到电话号码之后，当即带着张大妈火急火燎地出了门，跟他刚刚来的时候完全相反。

第三章

二人走了之后，我竖着双拇指对着张哥说："你真是太牛 × 了啊。"

"少拍马屁。过来过来。"张哥向我招招手，说，"说，你知错了吗？"

我知道他是在说我刚才多嘴，于是轻轻地扇了自己两个嘴巴子说："我多嘴，我多嘴！"

"哼，少装模作样，我知道你是在刷自己的存在感，但是你也要看好时机啊，另外要懂得有些话该说，有些话不该说，心理咨询师第一条要规是什么？"

"是倾听。"

"是啊，你一定要让对方把话说完了，你再说，还有不要乱调侃来客，人家花钱是来寻求心理安慰的，不是来给你嘲讽的。"

说得非常在理，我诚恳地道歉说："张哥，对不起啊，我知错了，下次一定改正！"

"好了好了，下次注意就成了啊。"张哥微微一笑，话锋一转说，“高大爷这事你怎么看？”

考验我的时候又到了。

我清了清嗓子说：“这个嘛，我是这么认为的，我觉得高大爷患的是一种妄想症，至于病因，我想跟他的人生轨迹有关。我根据他刚刚说的，稍微梳理了一下——他父母在他六岁那年因为一场车祸双双不幸死亡，从此之后，他就跟着奶奶相依为命。但是从小失去双亲的他，脾气变得有些古怪，邻居的小孩都不愿意跟他一起玩，他小时候肯定非常孤独、寂寞，从而倍加思念他的父母，这种情绪与日俱增，终于在八岁那年到了极致，于是就幻想有两个外星人的出现。为什么是外星人，而不是其他的？这估计跟当时科幻热有关，小朋友耳濡目染，从而影响了幻想人物的塑造。我们可以将这两个外星人当作他父母的化身，在他最需要人安慰或者分享的时候，他们就会出现。他十六岁那一年，唯一的亲人奶奶去世了，肯定心情差到了极致，所以那两个外星人出现了，而他二十岁那年结婚了，心情很是开心，中国人结婚意味着长大成人，以后可以独当一面，他急于将自己的喜悦分享出去，于是那两个外星人又出现了。”

“小子不错，分析得还是蛮到位的。有进步！”张哥连连点头，少有地夸奖了我一句。

听他这么说，我自是非常开心和兴奋，不过我还是直言说出我心中的困惑：“不过张哥，我有一事不明，那就是很显然高大爷的儿子应该是被两个骗子拐走的，他为什么一口咬定是那两个外星人干的呢？”

张哥比刚才还高兴地说：“呵呵，我很高兴，你能指出这一点，高大爷与外星人的第三类接触，前面三次都能用他幻化的虚拟人物解释得过去，然而第四次依循前例确实有悖常理，其实他的这种行为在心理学上也是说得通的。当一个人精神压力超过心理承受力的时候，不是强撑到崩溃，就是自我选择逃避。高大爷其实知道儿子是被两个骗子拐走的，但是他的心理承受不了这个事实，所以将这个责任推给了他幻化的人物，借此来减轻精神上的压力。”

“哦，这么说的话，所有的事情就都合理了。张哥啊，我觉得高大爷这病不好治，因为想要扭转他的既定的思维非常难，另外我怀疑他已经有老年痴呆症的前兆了。”

“是的，你越怀疑他的认知，越没办法将他扳回正常范畴，这也是为什么我附和忽悠他的原因，不过只要合理引导，配上药物辅助，还是有望更正他的错误认知，其实相比他的妄想症和老年痴呆症，我更在意的是他背部肌肉开始慢慢消失了。”一向胸有成竹的张哥难得地面露忧色。

“是啊，背部肌肉霍然慢慢消失了，真是一种奇怪的现象啊，也不知道是啥疾病，好恐怖啊！”

“现在瞎猜也没用，等贺进给我电话吧。”

下午，张哥接到了贺进的电话，对方要他立马前往医院一趟，细问一下才知道，医院拍片发现，高大爷颈部两侧有明显的骨化现象，大脑颅骨外的皮下组织也有了明显的钙化。

然后很快确诊他得的是一种名叫进行性肌肉骨化症的罕见疾病，需马上入院治疗，但是高大爷说什么也不同意，所以想请张哥过去看看有什么法子将高大爷劝住。

我和张哥立马驱车来到了北京 ×× 医院。在路上，我在网上查了查贺进说的“进行性肌肉骨化症”的相关资料，不查不知道，一查吓一跳，这种病俗称“珊瑚人”，根据文献记载此疾最早的病例可追溯至 16 世纪末，至今全球病例数不超过千人。

这种病常常会从患者的身体中央部分，即颈部、背部，一直到骨盆，四肢比较大的关节开始出现僵硬，慢慢地这些地方就会出现钙化，就像是长出新的“骨头”一样，从而生出一副额外的骨架，会把身体紧紧包住，使人体逐步丧失行动功能甚至危及生命，最要命的是目前此病暂无根治的办法！

在医院特殊病房里，贺进和张大妈二人正在努力地劝说高大爷留下住院，但是高大爷坚决不同意，甩着一张老脸，任凭二人怎么说反正嘴里应付的就两个字“不行”。

张大妈最先发现了我们，像见了救兵一般，走了过来，拉着张哥的手说：“张医生，你赶紧劝劝我家老头子吧，贺医生说他背上的病不能再耽搁了，一定得住院治疗，但是老头子死活不同意，你帮我劝劝他吧。”

高大爷听到张大妈的话，扭头朝我们看了过来，十分生气地说："张医生，你不是说你的朋友靠得住吗？他现在硬逼我住院，说什么我的病情严重，再不住院就晚了，还说什么我的病特殊，到时候可以申请免费治疗。别以为我糊涂，他肯定是知道了我的真实身份，想要留下我进一步观察，天底下哪有免费的午餐，免费治疗，哼哼，恐怕是想将我解剖了做实验！"

张哥朝贺进医生点了个头，然后走到高大爷跟前，安慰说："叔叔，您先息怒，我这个朋友肯定靠得住，关于这点您尽管放心，您的事情，他已经在电话里跟我说了。我是这么看的啊，首先您是外星人，这点是毋庸置疑的，具有很高的价值，您怕医院将您留住做实验这种心情我是可以理解的。"

听到这话，高大爷脸色稍微好了点，张哥话锋一转，继续说："但是，您身体现在变成这样，而且您最近脑子空白的时间越来越多，正如上午我跟您说的很有可能是您没有按时完成任务，是您的同类在您身体里下了什么毒，如果不接受治疗的话，我怕您等不到母星过来接您的时候哦。"

"这也只是你的一面之词，我的身体之所以变成这样，也有可能是因为真身要出来啦。你看我身体多棒，这哪像是有病的人哪！"高大爷双手抱拳，又展示他杠杠的身体。

"可是您看这里。"张哥从桌子上翻了翻高大爷的 X 光片，拿着其中一张，指着上面说，"您看片子上显示，您的手和脚关节里都开始出现硬化了。叔叔，您老实跟我们说，您最近是不是觉得手脚行动开始有些不便了？”

高大爷迟疑了一会儿，回答说：“这个，确实是有些了，但只是一点点而已，我依然灵活自然。”说着继续舞动着他的手臂。

“现在只不过是病情症状，再不接受治疗的话，用不了多久，恐怕您连抬个手或者动下脚都困难了。”

“真的吗？”高大爷半信半疑。

这时，贺进开口说：“是的，高叔叔，片子您也看到了，现在您的背部和手脚关节均已出现硬化，尤其是背部已经有相当大的面积，如果不控制的话，多则半年少则三个月，您很有可能会瘫痪在床了。”

“叔叔，片子您看了，贺医生的话您也听到了，您目前情况是必须留下接受治疗！再说，如果贺医生他们真的是为了留下您做实验，用得着多费口舌吗？一个外星人多有研究价值啊，直接将您拿下，然后上报上级单位，直接封闭消息，恐怕现在您早已身处在秘密实验室里，正进行着一系列的科学实验了。”

“这个……你说的也不是没有道理。”说完后，高大爷将脸扭向贺进说，“好吧，我答应留下接受你们的治疗，但是我提前警告你们，如果一旦发现你们是在拿我做实验，以便获取我们星球的机密，小心点吧，地球人，我们星球人一定不会放过你们的，到时候整个地球都完蛋了，可别怪我没事先提醒你啊！另外一旦我有好转，立马让我出去！”

贺进忙摆手说：“那是自然的，高叔叔您放心，我是不会拿地球做赌注的，更不敢拿整个人类存亡开玩笑的。”

说完，贺进就带着张大妈前去办理高大爷的入住手续，经过我们面前的时候，他对着张哥高竖着大拇指。

第四章

随后，我们又跟高大爷有的没的聊了一会儿，不久后，张大妈就回来了，张哥将她请到病房楼梯间，正色地跟她说：“阿姨，高叔叔的病情，贺医生跟您说过了吧。”

张大妈眼睛红红地说：“说过了，贺医生说，我家老头子得的是‘珊瑚人’，目前暂无根治的办法，只能试着去治。”

“嗯，上午一直没机会跟您说说高叔叔的心理疾病，他患的是妄想症，那两个外星人是他幻想出来的人物，这跟他的人生轨迹有关，这些我就不细说了，这种病坦白说吧，治疗起来不算难，但需要长期的引导，可是就他目前情况来说，不适合治疗，您看我都是借着外星人的话题，忽悠他留下治疗的，要是真的精神完全正常了，其他都好说，怕就怕您家孩子一事，我担心他心里承受不了……”

“那他的心病咱就不治了，先让他好好治‘珊瑚人’病。”

“好，另外冒昧多问一下，您家孩子丢失后，您可曾再找过？”

“我曾经在孩子丢失的地方拿着照片，挨家挨户询问过，又在那儿附近张贴过许多张寻人启事，但是一无所获，后来就慢慢没找过了。”

“那您在打拐 DNA 数据库登记过没？”

“什么 DNA 数据库？我不懂。”

“就是一个帮助寻找失踪儿童的数据库，通过 DNA 对比找到亲生父母，说起来有点复杂，这里我就不细说，您等下找一下贺医生，让他帮您抽一管血，其他的就交给我们了。我们看看能不能帮忙找一下您家的孩子，算起来年龄应该有四十五岁了。”

“那真是太谢谢你了，张医生，我都不知道该怎么感谢你。”张大妈说着就要向张哥下跪。

张哥忙扶起她，说：“阿姨，您别这样子，我也不知道能不能找到，不过我一定会尽力！”

我们又安慰了张大妈一会儿，然后找到了贺进，将高大爷儿子失踪一事简单地说了说，又把我们想通过打拐 DNA 数据库寻找高大爷儿子的想法告诉了他，贺进说他以前曾经办理过其他父母打拐 DNA 数据，流程他熟，包在他身上。

就这样，我们放弃了对高大爷妄想症的治疗，将精力放在了寻找他儿子的事情上，将高大爷的事情写成长文，配以他夫妻俩的照片和他们儿子小时候的照片，通过网络对外寻找。

帮张大妈寻找儿子一事，我们本来是抱着死马当作活马医在做，也许是天可怜见，通过大半年的寻找，张大妈的儿子竟然被我们找着了。

不过这时候，高大爷也已经不行了，瘫痪在床已多日，身体的硬化，已经让他连呼吸都困难了，全靠输液得以维持生命，生命已到油尽灯枯。

张大妈的儿子带着他的儿子和老婆赶到了医院，众人跪哭在地，高大爷经过这大半年的治疗，几次在阎王殿里徘徊，浑身的病痛，心理的折磨，越来越让他意识到自己并不是什么外星人，拥有什么不死之身，不过是普通人罢了。

当他看到儿子跪在自己面前，之前的外星人世界观终于崩塌了。他老泪纵横，拿下呼吸面罩，艰难地说："孩子……我错了……爸爸对不起你……见到你我很高兴……好好照顾你妈……"说完就去世了。

当时，目睹到这一切的我和张哥忍不住流下了眼泪。

事后，我们问张大妈儿子当年他被拐走的情形，跟张大妈说得差不多一致。当年他跟高大爷很开心地在街上玩，走到一个飞碟模型面前，高大爷指着飞碟告诉他说爸爸是个外星人，等他长大后，就带他回到水星去，这时，旁边有两个叔叔过来搭讪，说他们也来自水星。

他们跟高大爷攀谈了起来，聊了很久，后来高大爷就让他跟着那两个叔叔走了，他死活不肯，但是高大爷生气地自顾自走了。那两位叔叔随后将他带到河北，之后将他卖给了现在的养父养母。

养父养母去世之前，把真相告诉了他，从那之后，他就开始踏上了寻找亲生父母的路途。他曾数次返回他被拐走的地方寻找父母，但是未果，他又凭着记忆来到当年的家中，但是那一片早已成了高楼大厦，不复当年景象。

后来又在打拐 DNA 数据库登录了自己的信息，本以为今生找不到亲生父母了，不想还真找到了，只不过这幸福来得太晚，时间又太短。

NO. 03

总感觉死去的丈夫纠缠自己

案例编号：120090516

姓名	唐米婉	职业	白领
性别	女	婚姻	已婚
年龄	29	住址	北京顺义区
症状情况	夫妻失和，有严重暴力倾向的丈夫溺亡之后，阴魂不散地纠缠着她		
治疗结果	成功		

第一章

作为一名心理咨询师，每天都会遇到各种心理咨询问题，声称“见鬼”是心理咨询中出现率最高的问题之一。常常有人说，他开车等红灯的时候，看到了街头一个穿旗袍的“女鬼”，或者说在解剖室里解剖尸体时，无意中看到白墙上一个披头散发、面目可憎的“鬼”在乱晃。

其实这都是“负后象”闹的，当你长时间（两分钟以上）凝视一个红色方块后，再把目光迅速转移到一张灰白纸上时，将会出现一个青色方块；当你长时间凝视一个红色方块后，再将视线移向黄色背景，那么黄色就必然带有绿色。

两者见鬼实际上都是在等红绿灯 / 解剖尸体的时候，红灯 / 血看久了，猛一看白色的广告牌 / 白墙，看到了绿色的虚影，以为撞鬼了。

医生的手术服为什么是绿色的，原因也是如此，就是怕盯着血的时间久了，出现虚影，所以弄个绿色在眼前主动平衡一下。

这种现象是一种极为正常的心理现象，是每个具有正常视觉的人都会遇到的情况。

现在我要说的唐米婉遇鬼事件也颇具有代表性，她这个活儿是我们咨询中心大美女安翠芳介绍过来的。

那天，我和张哥在办公室里玩跳棋，为什么又是跳棋，没办法，我张哥唯一的爱好就是这个，正玩得高兴，安大美女推门直入，吓了我们一跳，还以为姨妈查岗呢，一见是她，我抛下张哥，立马迎了上去说："安安，你来了啊，快里面坐。"

招待她坐下后，我又拿出一盒小饼干递上去说："安安，这是我拜托日本的朋友捎回来的北海道特产'白色恋人'饼干，你尝尝。"

"我去，上午我还向你要过，你小子不是说没有了吗？"张哥重重地将弹珠落在棋盘上。

我嘿嘿地笑了两声说："这是我专门为安安留的。安安，来尝一块，可好吃了，我张哥惦记好几天了。"

安翠芳顺手拿了一块，吃了一口，称赞地说："嗯嗯，口感不错，挺好吃的！不错不错，这盒饼干我收下了啊，子瑜，谢谢你啊！"

"哪里，应该的。"我把饼干放在桌上，示好地说，"安安，你要是喜欢，吃完了跟我说，我请朋友再代购几盒回来。"

“好好好。”安翠芳笑声如铃，像是挑衅似的，对着张哥狠狠地咬了一口饼干。

“重色轻友的家伙，不玩了！”张哥将棋盘一推，拍拍手，然后从旁边抽出一本书看了起来。

我问安翠芳：“安安，再喝点咖啡吧，我这里有上好的雀巢咖啡，听说咖啡就饼干很配哦！”

“可以来一杯！”安翠芳点点头说。

我屁颠屁颠地又给安翠芳冲了一杯咖啡过来。

张哥似乎已经看不过眼了，又重重地将书本“啪”的一声摔在了办公桌上，干咳了一声说：“安大美女，你向来是无事不登三宝殿，说吧，找我有啥事？”

“谁说过来就是找你，难道我不能过来看看子瑜吗？”安翠芳嘴角微微一扬，莞尔一笑，看了看我说，“子瑜，你说是不是？”

“当然是啦，我巴不得安安天天过来看我呢。”我盯着安翠芳看，她笑靥如花，流眸顾盼，看得我都有些花痴了。我收了收心神说，“安安，别理张哥，他就是不解风情的傻子，要不然，怎么这把年纪了也没个伴。”

“是啊，对了，子瑜啊，你没事多去我那儿坐坐，少跟你张哥太长时间待在一起，你知不知道，最近咱们办公室里都在传。”安翠芳咯咯咯笑了几声说，“都在传你跟张哥有一腿呢！”

“不是吧，”我扭头看向张哥，挥着手说，“听到没，张哥，我就说你要是没事，就放我出去串串门，别老逼我跟你下跳棋，看到了吧，外面都传咱们有一腿了呢？！”

“我实在看不下去了，你们俩是要在我这里打情骂俏吧，好好好！”张哥拍了拍桌子，霍然站了起来，“我出去透个风，你们俩继续。”

“别忙着走，”安翠芳忙阻拦说，“有件事想请教请教你。”

张哥一副“早料到你会这么说”的表情，坐下来，老神在在地说：“啥事？”

“是这样的，我有个好姐妹叫唐米婉，最近遇到了一些事，想请你开导开导。”

“貌似不需要我吧，你自己就是个行家，你开导不就成了嘛。”

“我这姐妹说自己见鬼了！这种心理障碍，不是我擅长的项目，所以得劳驾你看看。”安翠芳一本正经地说。

“哦，是怎样一个现象？”

“我这个姐妹很不幸，嫁错了人，她跟她老公非常不合，时常吵架，而且她老公还家暴。我去，我最看不起这样的男人了，老早就劝她离婚算了，但她就是不听，最近她老公在水库里游泳不小心淹死了，说真的，听到这消息，我还挺开心的，本以为她就此解脱了，可是她说她那死鬼丈夫每晚都来找她，吓得她要死要活的，我跟她说这个世界上是不可能有鬼的，一切皆来源于心，可好说歹说她就是不信，偏偏选择活在自己制造的恐惧之中。她向来固执，我自认口才很好，但对她我是一点办法都没有，所以想劳你大驾帮我劝劝她，解开她的心魔。”

“这个可以，啥时候你请她过来坐坐呗。”

“她不肯来，她很排斥心理医生的。我是这么想的，今天正好我没事，你这边看着好像也挺闲的，张大帅哥，你陪我去她家看看嘛。”说到最后几句的时候，她撒了点小娇，声音软软柔柔的，听着很是酥软。

“这个嘛，不是不可以，但是我有啥好处？”张哥故意刁难说。

安翠芳将我送给他的饼干一推：“你不是喜欢吃这饼干吗，我转送给你，怎么样？！”

“安安，这是我送给你的耶！”我在一旁叫道。

安翠芳抛了一个媚眼给我：“子瑜，你下次再送我一盒不就成了嘛。”

“好吧。”我搓着手，声如蚊蚋地说。

张哥看着那盒饼干，舔了舔嘴唇说：“既然这样的话，那我陪你走一趟。”说完，从桌上抢过那盒饼干，迫不及待地吃了一块。

第二章

当天下午，我们三人驱车去了唐米婉的家中，那是城北一个回迁房小区，由于事先安翠芳并没有跟唐米婉约好，到达目的地的时候，我们连连敲门都不见有人出来开门，还以为她不在家，打电话也没人接。

正打算走人，这时候门后面响起一阵脚步声，安翠芳于是马上重新敲了敲门，叫道："唐唐啊，我是安安，你在家吗？"

"哦，是安安啊，我在我在。"半晌之后，门被拉开了，一个中等身材、脸色微微有些苍白的女子出现在门口，她身后忽暗忽明，有一股奇怪的味道从里面飘了出来，她道歉地说："不好意思，不好意思，刚刚睡着了，没有听到。"

"哎哟喂，唐唐，你憔悴了好多啊，是不是又没睡好啊？"安翠芳看了看她的脸，又看了看她身后，继续说，"我带了两个朋友过来看看你，咋的，堵在门口，也不请我们进去坐坐，不欢迎啊。"

"这个，没有的事……"唐米婉微微犹豫了一下，勉强挤出一个笑容，"请进，请进，屋里没收拾，有些乱，你们别介意啊。"说着领着我们进了门。

我跟在张哥后面进了门，屋里的怪味更浓了，客厅中间好像有亮光，我下意识地看了过去，霍然看到七盏燃烧正旺的油灯，那怪味就是从那里传出来的，我心里直犯嘀咕，这都是啥玩意儿啊？

随着主人按亮屋里灯泡，当我看清整个大厅的布局时，我心中的嘀咕变成了头皮发麻。

唐米婉客厅里门窗紧闭，拉着厚厚的帘子，除了中央有七盏奇怪的油灯之外，东墙之上还悬挂了一张偌大的符咒，下面神台里供奉了一尊太上老君，左右两边各有一支燃烧正旺的蜡烛，中间香炉里香火袅袅。

更夸张的是四周沿着墙壁用红线串着上百只铃铛，并且每隔一段距离还贴了张黄表纸。恍然之间，我还以为自己来到了一个道观里。

“天哪，唐唐，你都干吗了啊？”安翠芳挥了挥手，捂着鼻子说，“好臭啊，子瑜，赶紧去把门窗打开，透透风！”

我应了一声，跑去开窗，中途被唐米婉拦住了，她说：“别别别，这是我请大师布的七星降魔阵，专门对付我那个死鬼老公的，大师特别交代，七天之内不能开窗透风，不然法力全失！”

“我的妈呀，你信神棍也不信我，老早跟你说了，你的情况纯属心理原因，根本就没有鬼！”安翠芳指指这儿指指那儿，“看看，都啥玩意儿啊，将道观搬到家里了啊，还有这油灯点的是啥？这么臭，就你这环境，没有鬼，也会被你逼出鬼的。张哥、子瑜，你们帮帮忙，赶紧收拾收拾吧，我受不了了，都有些窒息了。”

我和张哥立马动起手来，开窗的开窗，灭灯的灭灯，很快将这些阵法、神台、铃铛统统处理了。我见厨房有热水、有茶叶，顺手泡了一壶茶，端了出来，又一人一杯满上。

安翠芳见了，给了我一个微笑，以示鼓励，她坐在沙发上，环顾了四周一眼，轻抿了一口茶，朱唇轻启：“看看，这多好啊，这才像一个家嘛。”说完，将我们相互介绍了一下。

唐米婉听说我们是心理咨询师，脸上微微有些不快，张口欲说，但安翠芳已经抢先说道：“我知道你不爽，不想看心理医生，觉得自己像是有病的人似的，我能理解，但是啊，你都愿意花钱请神棍上来布阵，我们免费义务上门帮你，你却拒人于千里之外，做人不带你这样的吧，我们……”

“好好好，我说不过你，我错了，我向你们道歉。”唐米婉招架不住，忙摆手打断她的话。

“这才对嘛，别紧张，我们又不是吃人的怪兽，就当是三五个朋友聚在一起聊天。”安翠芳盯着唐米婉看了一会儿，继续说，“我看你脸色比上次见你的时候还差，现在还是天天睡不着吗？”

“嗯。”唐米婉面容忧伤地点了一下头，她掀开右肩衣服，上面赫然有一个紫色的五指印，“别说我迷信，你们看，这手印，就是前天晚上我那个死鬼老公按的。你一直说我没证据证明他回来了，你看这就是证据，他这是想要我的命啊！我为什么去找道士，就是因为最近他越来越肆无忌惮了，再不降住他，恐怕我都过不了这个月了。”

“啊，有这等事？”安翠芳凑过去看了看，摸了摸，“擦不掉的样子？这真的是你那个死鬼老公按的？”

“这我骗你干吗。”唐米婉似乎现在依然心有余悸，“前天晚上，我正在干活，突然觉得背后一阵阴冷，然后我的肩上就出现了一个阴寒的手掌，我吓得动弹不得，阴冷消失后，我觉得肩膀火辣辣的，照镜一看，就发现了这个！”

“咳。”张哥干咳了一声。

“哎哟，差点忘了。”安翠芳果然是聪明人，顿时明白了张哥的意思，她跟唐米婉说，“我们尽顾着说话，把张哥和子瑜给忘了。唐唐，你的事我都知道，但是他们并不清楚，现在麻烦你跟他们从头到尾说说好吗？别有心理压力啊，我们就想过来帮帮你，没别的意思。”

“没事，我知道你们都是为我好。”唐米婉释然地说，“我老公沈伯虎是个不折不扣的人渣，在追求我的时候百依百顺，乖得跟孙子似的，可是没想到结婚后却原形毕露，不但懒惰成性，还酗酒打人，每次黄汤过后，就开始耍酒疯。我和他结婚三年，有两年半的时间两人是在吵闹中度过的……”

第三章

按理说，这样的日子压根不是人过的，换作其他人两人早就分了，然而沈伯虎能说会道，事后往往跪在唐米婉面前，抱着她的大腿哭哭啼啼地求饶道歉，心软的唐米婉一次又一次地选择原谅他。

沈伯虎除了这招死皮赖脸的办法之外，还有一招让唐米婉不敢轻言离婚的“撒手锏”，那就是沈伯虎已经不止在一两个场合撂下这样的话：老子没有离婚，只有丧偶！

说这话的时候，他满脸杀气，眼睛红得像要滴出血来，唐米婉知道，他不是开玩笑的，若真的跟他离婚，他一定会杀了她，还会杀了她父母。

半个月前的周末，沈伯虎带着唐米婉，招呼了几个朋友前去上庄水库烧烤，在之前，两人又大吵了一次，唐米婉这次是铁了心要跟他离婚，上庄水库烧烤是沈伯虎为了哄唐米婉而专门设计的，为了让她回心转意，他还特意邀请了两人都认识的朋友一起来助阵。

期间，众人自然少不了一番劝说，沈伯虎继续使出他的老桥段：跪在唐米婉的面前，举手发誓，一定会好好待她，不会再骂她打她，如有违背就让他死无葬身之地。

唐米婉在朋友面前也不好撕破脸皮，敷衍地应付了一下，沈伯虎以为又一次“胜利”了，心情大快，更显殷勤，为唐米婉夹这夹那，说着贴心的话语，其实在唐米婉看来，他的言行举止更让人觉得恶心。

众人吃吃喝喝，不知不觉酒过三巡，大家都有点晕乎乎的了，这时，沈伯虎突然提议下水游泳，几个大男人踊跃参与了，岸上留着唐米婉一人照看衣物。她看着沈伯虎跟伙伴们在水中相互嬉戏打闹着，不时传出阵阵笑声，心里觉得非常厌恶，心想着，要是这个王八蛋就此淹死了不知该有多好！

说来也奇怪，这个想法刚刚被她抛置脑后，水里的人突然着急起来，有人问："沈伯虎哪儿去了？"原来一直跟众人玩得不亦乐乎的沈伯虎，不知道何时不见了，水中的人都慌了，连忙四处找了起来，岸上的唐米婉心头也不由得紧了紧，难道他被自己咒死了？

半小时后，失踪的沈伯虎终于被众人在水库下游处的浅滩上找到，只不过此时的他早已停止了呼吸，眼睛瞪得如铜铃般大，脸色苍白得像纸，肚子鼓得老大，一看就知道八成是活不了了。

虽然唐米婉一直很恨他，但是眼瞅他就这么死了，心里还是多少有些接受不了，先前还是好好的，跟大伙儿大碗喝酒、大口吃肉，咋转眼间，一个大活人说没就没了呢？！

一时之间，她情绪转换不过来，只觉得天旋地转，然后就什么也不知道了。

等她醒来的时候发现自己在医院里，并且已经昏迷了一天一夜。她从父母口中获知，沈伯虎后来被送到了医院，但是没有抢救过来，当场宣告死亡。

另外在她昏迷的时候，她婆婆过来闹过两次了，说是她害死了沈伯虎，要她偿命。

对于婆婆的行为，唐米婉一点也不吃惊，她跟沈伯虎两人的婚姻走到今天这一步，她婆婆脱不了干系。早在他们结婚之前，她婆婆就看不上她，嫌弃她是外地人，嫌弃她工作不够体面，甚至嫌她左撇子吃饭不够文雅，百般刁难。

虽然最后沈伯虎以断绝母子关系威胁致使她婆婆答应了他俩的

婚事，但婚后，对她更是变本加厉，不时挑拨离间她和沈伯虎的关系，有好几次因为婆婆的火上浇油，她挨了沈伯虎的打。

对于沈伯虎的死，唐米婉心里说不上开心也说不上伤心，她想男人死了，不哭，是不是显得薄情寡义？但是哭吧，她又没有眼泪，这男人实在是太伤她的心了。就在这纠结的心态中，她迷迷糊糊地睡着了。

半夜里，她突然一个激灵被惊醒了，但是不知道为什么眼睛却怎么也睁不开，但是意识却告知自己已经醒了，她感觉病房里比白天冷了许多，空气中弥漫着一股潮湿的腥味，好像洪水淹没了病房留下的腥臭味。

医院里静悄悄的，好像死了一般，这时，她突然听到一阵奇怪的脚步声——像鞋子里灌满了水一样，走在水磨石地面上啪嗒啪嗒地响——由远而近慢慢走来，在这死气沉沉的医院里显得异常刺耳。

这个奇怪的脚步声到唐米婉房门停了下来，然后半晌没动静了，唐米婉想睁眼去看，但眼睛还是怎么也睁不开，她听到“咔嚓”一声，房门被推开了，然后一股更腥臭的味道当即弥漫了整个病房。

那个奇怪的脚步声慢慢靠近她的床头，每靠近一步，那阴湿的气息和腥臭味就越烈，等走到她跟前时，那寒意直接渗入她的体内，冻得她的血都要凝结了，而那腥臭味则让她五脏翻腾差点要吐出来了。

她想睁开眼，但是依然睁不开，她想叫，但是叫不出声，好像整个身子都被定身法定住了似的。

她感觉有个人正站在她的床前注视着她，良久，这个人动了，他弯下身子，凑近她的耳边，突然说了这么一句话：“你是我的，就算我死了，你也还是我的！”

声音有些含混不清，就像嘴里含着什么说出来的，声音她认不出来，但是这句话她却知道，这是沈伯虎死前跟她吵架时说的，当时他凶狠地盯着她，然后一字一句地说：“你是我的，就算我死了，你也还是我的！”

“啊！”唐米婉一声尖叫，她像挣脱了所有束缚，终于可以动弹了，她睁开双眼，眼前并没有什么人，她下意识地往床下看去，也没有发现什么人，但是她鼻子里尚残留着腥臭味，似乎在暗示着刚刚的一切都是真实的。

难道死鬼老公沈伯虎来找过她？想到这里，她一脸恐惧，身子止不住像筛糠一样抖了起来。

事情从这时开始，逐渐朝着离奇诡谲的方向发展。

沈伯虎一事纯属意外，很快他的尸体就被送往了火葬场火化。在送去之前，唐米婉曾在殡仪馆里见到沈伯虎最后一面，那时的他，脸上很干净，瞪大的眼睛已经被合上，穿着合体的衣服，像睡着了一样。

不知道是不是眼花，在沈伯虎盖上白布的那一霎，唐米婉似乎看到他突然笑了一下，当场她的毛发就竖了起来，想到那晚的梦，她心中更加忐忑不安！

第四章

沈伯虎出殡的时候，她本想送沈伯虎最后一程，但是她婆婆死活不让她参加，她只好无奈地在家烧了一些纸钱。沈伯虎头七那一天，唐米婉按照习俗在沈伯虎的遗像前供奉了一碗饭，然后睡觉去了。

因为想到今晚是沈伯虎魂魄回家的日子，唐米婉心里不免有些害怕，然而尽管早早地躺在床上了，可是翻来覆去都睡不着，她只好把手机摸了过来，开了机，看着手机发了一会儿呆，最后发短信给安翠芳问："睡了吗？"

安翠芳回复说："还没呢。才刚过十点呢，你呢？"

"正躺在床上，想睡但是睡不着，今天是沈伯虎的头七。"

"你爸妈呢？"

"他们昨天回去了，本来他们是想多陪我几天的，但是家里的麦子该收了，晚了的话，就都要坏死在地里了，所以我就让他们早点回去了。"

"嗯，最近睡得还好吧？"

“不大好，总是睡两三小时就会惊醒，经常做梦梦到沈伯虎溺水的情形和他在梦里幽怨地问我为什么不去送他最后一程？随即脸色大变，恶狠狠地向我一步一步走来，我想回答，但是嘴巴张了张，就是说不出话来，只有眼睁睁地看着他离我越来越近，近到他的脸贴到了我的脸上，然后我就被惊醒了……”

“你这是因为心理压力太大所致，放松点就好了，再说了，这事怪不了你啊，又不是你不愿意去，是因为他妈不让你去。”

“说是这么说，但是我心里总觉得对不起他。”

“没有谁对不起谁的，想想他在世的时候是如何待你的吧，算了算了，死者为大，我积点口德，就不多撕逼了。时候不早了，你早点睡觉吧，乖，啥都别想，好好睡一觉，明天将是崭新的一天，期待你早点恢复如常，么么哒！”

“嗯，晚安。”

唐米婉回复完这条信息后，重新躺好，闭上眼睛，想要睡觉，这时，突然外面传来窸窸窣窣的声音，她侧耳又听了听，这次声响更清晰了，客厅里像是有人在翻找着什么？难道有贼？

她心头不由得一紧，壮着胆子，下了床，从衣柜里拿出来一根高尔夫球杆，蹑手蹑脚地走出了房门。

客厅里黑乎乎的，只有摆着沈伯虎遗像的桌子那里，燃着忽明忽暗的盘香，透着些许的亮光。遗像旁边不远处似乎有个黑影在动，唐米婉大喊了一声：“是谁？”

“喵……”并随着声音，那个黑影跳到了遗像旁边，借着幽暗的亮光，唐米婉发现那个黑影原来是只大黑猫，那只黑猫随即又窜到了遗像另外一边，将遗像打翻后跳在了地上，转眼间消失不见了。

唐米婉一见是只大黑猫，悬挂的心微微一松，她走了过去把黑猫打翻的遗像扶正，刚刚摆好，这时她突然发现，遗照上沈伯虎原本微笑的脸变成了一张凶狠的脸，正狠狠地盯着她，眼睛几乎要冒出火来，恨不得把她吞掉。

“啊！”唐米婉吓了一大跳，连忙把遗像放倒，按亮了大厅里的灯。她找来手机，打了电话给安翠芳。

很快安翠芳就过来了，唐米婉断断续续地把刚才发生的事告诉了她。安翠芳听了，半信半疑地走到摆遗像的桌子旁，把沈伯虎的遗像扶正，但上面的沈伯虎微笑如常，没有任何异象，她又叫唐米婉亲眼确定了一下后问：“是不是刚才你看错了啊？”

唐米婉斩钉截铁地说：“绝对没有。”说着又把前几日在医院和火葬场的怪事告诉了安翠芳。

安翠芳自是不信，安慰说：“这些都是你的幻象，你压力太大所致，你一直觉得自己对不起他，心中有愧，这种负面情绪让你整个人陷在一种神经衰弱、敏感多疑的状态之中，也就是疑神疑鬼中。唐唐，你应该放下心中的负担，试着接受现状，事情既然已经是这样子了，你再懊悔也好，沮丧也罢，都改变不了既定的事实。”

“可我跟你说的这一切都是我亲眼看到的，我没有半点骗你。”

唐米婉非常肯定地说。

“有时候眼睛看到的东西不一定就是真的。”安翠芳叹了一口气，“我知道我这么说，你肯定不信，这么吧，你明天去我们公司一趟，我介绍我们公司最擅长治疗这种情况的心理医生给你。”

“我不去，我又没病。”

“没病也可以去看看嘛。”

“说了不去就不去！”唐米婉板着脸，情绪极为激烈。

安翠芳怕惹她生气，忙摆手说：“好好好，不去就不去。”她看了一眼沈伯虎的遗像，接着说，“反正沈伯虎都已经入土为安了，他妈也不认你这个儿媳妇了，你们两家以后恐怕也不会再有什么交情，他的遗像你就别挂了，挂了也没用，说不定还会出什么幺蛾子，要断就断个干净。”

经刚才一吓，唐米婉确实有些怕沈伯虎的那张遗像，点头说：“嗯，这个可以，天亮后，我就处理一下。”

当晚安翠芳没有走，陪着唐米婉一直到天亮。天亮后，二人带着沈伯虎的遗像，在小区附近的河边烧掉了。

随后的几天，安翠芳担心唐米婉情绪不稳定，又会出什么事，专门留下，又协助唐米婉，将沈伯虎的日常用品和衣物等东西，该卖的卖了，该丢的丢了，几天下来，唐米婉家中焕然一新。

而这几日里，死鬼沈伯虎也再没有来过，安翠芳见唐米婉情绪日渐稳定，正好公司委派她要出一趟差，于是离开了唐家。

然而不承想，她前脚刚走，死鬼沈伯虎后脚就过来了。

三天前的晚上，唐米婉在家里加班，坐在电脑面前赶文件，不知不觉忙到了夜里一点多钟，她伸了伸腰，准备再忙一会儿就回床上睡觉，结果腰伸到一半，突然感觉身后一阵腥臭涌来……

然后右肩膀似乎被什么东西按住了，一股透心凉从肩上开始很快就蔓延到了全身，她当场石化了，血液似乎也被冻结了，浑身都起了鸡皮疙瘩，她想动却动不了，意识指示脖子赶紧扭头看看，但是脖子压根不听指挥。

这腥臭带着淡淡的水草味，闻起来有点熟悉，突然她心中一哆嗦，这气味跟那天晚上在医院里闻到的一样！她害怕起来，额头直冒冷汗，她在心底不断地给自己打气，暗说不怕不怕。

如此僵持了一会儿，突然寒气消退了，她感觉能动了，连忙扭头往后看，但是身后空荡荡的，什么也没有。

不过她觉得右肩上有点火辣辣的感觉，掀开右肩衣服一看，顿时吓了一大跳，右肩上赫然有一个紫色的五指印，看上去，像是有人刚刚用指模印上去似的，她擦了擦，发现怎么擦也擦不掉。

唐米婉当晚一夜未睡，经过这几次的灵异事件，她推测死鬼丈夫看来是不会轻易放过她了。她想了一夜，决定找个道士来看看。

第二天她就上道观里找了个道士过来看看，道士拿着罗盘，在房间里东看看西瞧瞧，说她老公死不瞑目，在地下寂寞，想要拉她下去做伴，吓得唐米婉花容失色，连忙请大师化解。

道士让她买了冥纸和人偶给她丈夫烧下去，又装神弄鬼地在她家里布了个什么阵，说可以镇宅，如此这般了一番，收了她 8000 块走人了。

送走大师后，唐米婉心里的石头算是落地了，以为从此以后再也不会受死鬼丈夫的纠缠了，不承想，晚上死鬼丈夫像是故意嘲弄她似的又来了，这次在她的房里待了一整晚，满屋子都是那恶心的腥臭味，直到天亮方才散去。

唐米婉又找到那个道士，那道士说她老公怨气太重，得多烧些冥纸，另外什么纸汽车、纸别墅、纸苹果电脑，不差钱，有的都统统烧下去，并给她屋里升级又布了一个七星驱魔阵，要她紧闭门窗，七盏油灯不能灭，不然法力全失，这一折腾，又收走了 1 万块。

第五章

听了唐米婉的讲述，张哥摸着下巴说：“你这个事，好办也不好办。”

“哦，怎么说？”唐米婉一脸好奇地问。

我和安翠芳自然也给张哥投来注目礼。

“你是安翠芳的朋友，也就是我的朋友，有啥我就直说了啊。”张哥直言不讳地说，“好办的意思是说，你的经历正如安翠芳所言，完全是因为心理压力所致，只要压力一减，这些所谓的灵异现象立马就消，不好办的意思是说，你是一个非常固执的人，你深信自己所听所想，旁人很难说服你，就算我们为你计划一大堆减压方案，你不一定听得进去。”

“张哥果然是个直爽之人，安安跟我说你的时候，我还不信，今天一见果然如此。”唐米婉笑了一下说，“既然你和安安都说我看到的是幻象，我肩上有那么明显的证据，你们依然不信是我那个死鬼丈夫在作祟，我倒是很想听听你的高论，看看究竟是何种心理压力能让我产生了幻觉。”

“负罪感。”张哥严肃地说，“你亲眼看到自己的老公被淹死，心里一时半会儿无法承受这个打击，造成了心理扭曲，再加上你跟你老公关系并不好，你的内心深处，也就是潜意识出于悲痛会认为是自己害死他的。我们每个人的内心深处都有一个邪恶的潜意识，那就是暗暗盼着自己所爱或者所尊重的人死掉，以便自己摆脱他的控制或者取代他的地位，然而如果这人真的死了，那么我们潜意识会产生为他的死而负责的情绪。我们在葬礼上看到某些人悲痛欲绝，其实他们更多的是出于自责，而不是悲痛。所以所谓你丈夫三更半夜来找你，遗像上他的脸突然扭曲，不过是心理遭受重创后的幻觉而已。你的问题不是你老公，而是你的潜意识中的负罪感。”

唐米婉问：“那我右肩上的手印又做何解释？”

张哥说：“那是你心理暗示造成的，你臆想着你丈夫那晚来到了你的房间里，站在你的身后，并用右手压在你的肩头，自我暗示，自我催眠，所以出现了这个手印。”

“你的意思是说，我这情形跟‘望梅止渴’‘画饼充饥’一个道理？”

“是的，这都是暗示的结果。有人曾经做过这么一个实验，蒙上试验者的眼睛，把一枚硬币放在他们的胳膊上，然后暗示他们这枚硬币刚被火烤过，会把皮肤烫出水泡来。没过多久，试验者的皮肤上，果然被烫出了水泡。还有人用布条蒙住试验者的眼睛，告诉他们，这布条上浸了毒液，可以伤害到人的眼睛。于是，揭下布条后，试验者真的失明了。这两个例子其实跟你的情况很像，不同的只是实验用的是他人暗示，而你是自我暗示罢了，这都是暗示的力量造成的。”

“就这么简单？”

“对，就这么简单。”张哥肯定地回答说，他喝了一口茶，看着我和安翠芳问，“你们俩刚才听她说了她老公去世之后遇到的种种灵异现象，可曾发现这些事情中有个很大的相似点。”

我想了想说：“好像都是她一个人在的时候。第一次是唐小姐晕倒醒来后一个人在医院的时候，第二次是唐小姐一个人在火葬场见最后一面的时候，第三次是唐小姐丈夫头七晚上她一个人在的时候，第四次是安安离开唐家唐小姐一个人在的时候，第五次、第六次依然还是她一个人在的时候。”

“对！就是这一点！”张哥给我竖了一个大拇指，然后看着唐米婉说，“你不觉得奇怪吗？”

“这个嘛，好像是有一点奇怪。”唐米婉很快地找到了一个理由说，“不过，这也算正常吧，人多了，阳气足，他也怕，所以不敢出现。”

“这是一个很好的回答。”张哥笑了笑说，“既然人多，他就不敢出来，那就好办多了。唐小姐，我是这么想的，安翠芳呢，最近也无事，不妨让她在你这里多住几日。前阵子她在的时候，你丈夫就没敢来，她火气重，估计能压邪。”

安翠芳瞟了一眼张哥，笑骂道：“去去去，你才火气重呢，你都能当门神直接贴在门上挡煞压邪呢。”

“当然好了，安安要是能留下陪我，我求之不得，开心还来不及呢！”唐米婉开心地说，然后似乎想到了什么，于是又问张哥，“话说，你这是想要治我吗？”

“呵呵，谈不上治，只不过一些小建议而已。听不听，做不做，完全由你。”张哥忙摆手说，“不过既然你都愿意请道士上来布阵驱鬼，不妨也让我试试，反正对你也无害，如果没有用，你随时可以停止。”

“嗯，那你第二条建议是什么呢？”

“第二条建议你配合吃一阵子安定养神类的药物，至于什么药，安翠芳到时候会从我们咨询中心药剂师那儿拿，你按照医嘱定时定量吃即可。”

“第三条呢？”

“第三条建议是保持心情开朗，心里有什么事，及时说出来，千万别藏在心里，心情好，无心事，天天开开心心。就这三点，你坚持一个月看看。如果无效，下次你请道士或者和尚驱鬼降魔的钱，我来出，怎么样？”

“呵呵，安安，你这同事蛮有趣的啊。”唐米婉忍不住笑了起来，她跟安翠芳说完这句话后，随即看着张哥说，“你话都说到这个份上了，我再不照做，好像太不近人情了。好吧，就依你的话做，试一个月再说。”

这次谈话结束后，安翠芳就带着我们心理咨询中心药剂师丁冲所开的安定养神类的药品，住进了唐米婉的家中，督促唐米婉按约定落实。

一个月之后，唐米婉的情况果然好转，虽然偶尔她丈夫的“鬼魂”会在她独处的时候再出现，但是一次比一次少，并且渐渐地开始发现自己越来越不害怕他了。两个月后，她终于从丈夫的阴影中走了出来。

一年后，我们收到了她的喜糖和她的一份感谢信，给张哥的喜糖是一盒白色恋人饼干，开心得他手舞足蹈，比捡钱还高兴，最后像饿狗抢食般，一口气全吃光了。

NO. 04

拥有预言能力的女人

案例编号：120090710

姓名	张庭庭	职业	白领
性别	女	婚姻	未婚
年龄	27	住址	北京西城区
症状情况	车祸受伤的她，出院后在家养伤，无聊之间重拾以前画画爱好，不想笔下的情节——真实出现在现实生活中		
治疗结果	成功		

第一章

预知未来，目前只是停留在理论上，没有实际证实过，一切都只是猜测而已，然而如果有一个人对你说："我有预知未来的能力。"你会如何看他？你是会笑他白痴？还是拿他当作精神病人？我和张哥就曾经遇到过这样自称拥有预言能力的案例。

当时还是张哥手下一名学徒的我，听到眼前这名轮椅上的美女这么说时，忍不住打趣说："那么你能告诉我下一期双色球的号码吗？"

轮椅上的美女摇头说："不成，我预知不到这些。"

我问："那你能预知到什么呢？"

问完这话的时候，我觉得身旁有一道犀利的眼光注视着我，我扭头一看，就对上了张哥那双恨不得将我撕了的眼睛，我吐了一下舌头，嬉笑了一下，假装没看到，又扭回了头。

轮椅上的美女淡定地吐出了两个字：“死亡。”

这名轮椅上的美女，姓张名庭庭，之所以会来到我们心理咨询中心，是她近两个月以来，已经有两次自杀未遂，第一次是吃了过量的安眠药，第二次是烧炭自杀，好在两次都被及时发现，这才免于惨剧。

家属担心她再次自杀，所以拉她来到我们心理咨询中心进行心理辅导，张哥是最善于处理此类问题的心理咨询师，所以这个活就分派到了我们这边。

张哥问：“你之所以自杀莫非就是跟预见死亡有关？”

“是的。”张庭庭突然抱着头，情绪有些失控，开始哭了起来，“我知道说出来，你肯定跟其他人一样不信，但这是事实，我真的预言到了死亡，而且不止一次，我觉得是我害死了他们，可我真不是有意的，呜呜呜……”

张哥最怕女人哭，尤其是美女，他明显有些慌了，安慰说：“你先别激动，我明白你的感受，自己明明说的都是真的，可其他人就是不信，我曾经也遇到过许多次类似的情况。大千世界无奇不有，有些事没有落到当事人身上，旁人很难体会和理解。我不敢保证，我一定会信你，但是我非常有诚意地邀请你说给我听听，你到底遇到了什么事情，并希望能在这件事情上给你一点专业的意见。”

张庭庭点了点头，红着眼说：“正如你所见，我腿脚有些不方便，这是因为三个月前我出车祸了，伤势并不是太重，但是需要一些时日来调整。我的职业是一名网络编辑，供职于某大型门户网站，主要是负责新闻频道，具体工作内容就是从合作的报刊杂志上转载一些时下热点新闻到我们网站，休养时期虽然人不能去上班，但是并不妨碍我在家办公，像以前一样，我每天按时登录公司的网站更新频道新闻，除了正常工作之外，由于无聊，最近我又将以前早就丢下的画画爱好重新捡了起来，结果……”

据张庭庭说，在高中时期，她就非常热爱画漫画，尤其是惊悚恐怖题材的漫画，曾经在不少悬疑惊悚杂志上发表过作品，在圈里还略有一些名气。高考时她本来是想考美术系的，但是父母嫌美术没啥前途，出来不好找工作，施压她改考了中文系，大学后，她就渐渐放弃了画画。

大学毕业后，张庭庭应聘到了一家大型门户网站做新闻频道的责任编辑，她的工作主要是从合作的各大报刊杂志上转载一些时下热门新闻到他们网站上，工作虽然有些单一，但是接触面广，大大地增加了她的谈资。

三个月前，她在上班的路上不小心出了车祸，双腿受伤，所幸送医院及时，并无大碍，住了几天院后就出院了，但是要想恢复如常还得休养大半年，好在她的工作基本上能在网上完成，所以公司特批她在家办公。

车祸后，由于人不能走，工作又轻松，大把时间无法打发，闲着无聊，于是她又重新画起了漫画，题材还是以前她最擅长的悬疑惊悚——她打算画一个都市悬疑推理系列的漫画。然而诡异的事情就发生在这里。

一次她从公司合作的报刊杂志上转载新闻时，发现某都市报上刊登的《一家三口自相残杀以致灭门》的新闻，跟她前一天画的漫画“夫妻俩发生争吵，妈妈掐死了6岁的女儿，丈夫一气之下又杀死了妻子，而后悬梁自杀”的情节一模一样。

起初她以为是巧合，一笑而过了，当天下午又画了一则漫画，大意说的是一个小伙由于失恋，悲伤欲绝，一时想不开在出租房里打开煤气罐自杀，不想殃及了隔壁房客，两人不幸死亡的故事。

结果几天之后，她从公司合作的报刊杂志上转载新闻时，发现某都市报上刊登的《男子出租屋内烧炭自杀，烟气漏出毒死隔壁房客》的新闻，这时的她心有些乱了，细读了这篇报道，发现新闻内容和她的漫画，除了人物姓名、事发地点、自杀原因及自杀工具不一样之外，其他的几乎一样，都是在出租房发生的事情，都是毒体外泄，都是双双死亡。

“我当时吓坏了，已经发生两次了，难道我的漫画是一种预言？提前预告了即将发生的案件？可那些情节明明都是我自己瞎掰的呀！”张庭庭紧握着双手，神情有些紧张，似乎此刻回想起初的那些事，依然心有余悸。

张哥摸着下巴说：“所以你从这时候开始怀疑自己拥有了预言

他人死亡的能力？”

张庭庭摇头说：“还没有，虽然我有些动摇，但是我觉得巧合性更大，抱着大胆幻想、小心求证的心态，我决定做一次实验，于是当天我编了一个非常荒诞的故事，说有一男子在一天之内被三名好友先后分别假装他上吊自杀、从楼梯间里推他下楼、将他的头按在游泳池里杀了他三次都没有杀死，最后自己不小心一脚踩空摔死了。”

如此荒诞的情节，恐怕只可能发生在幻想里吧，我不由得为她的机智暗暗称赞！但下一秒，我立马想到如果现实生活中没有对上号的话，她估计也不会来我们咨询中心，忍不住好奇地问：“难道又对上号了？不应该吧。”

“嗯，又对上了。我知道这么说，你们一定不相信，我这里有一份现实生活发生的新闻报道与我漫画内容相重叠的资料，你们看看这些就知道我没有说谎！”张庭庭边说，边从包包里翻出一份档案袋，递给了我。

我接过后，翻开一看，里面全都是A4纸打印出来的黑白漫画和网上新闻报道的截图，张庭庭将漫画和新闻重叠的内容按照一二三四五的次序排列，每一份都用别针别好，并在一旁用红笔标注二者相吻合之处的关键词，我粗粗一数，竟有七八份之多。

她刚刚说的实验是在第三份档案里，我抽了出来，快速地看了她画的漫画和附在后面的新闻报道，我顿时像被重拳击中了似的，当场石化，我的天哪，这么荒诞的故事，现实生活中竟然也有可能发生。

那篇新闻报道里说：近日警察在一栋别墅里发现一具男尸，该名男子脖子上有明显的勒痕、身上有不同程度的擦伤、肺部有些许积水，后脑勺被打破了。在警方的深入调查后，三名犯罪嫌疑人很快被抓捕归案，三人都是死者的好友，问起他们的杀人动机，三人皆称被死者骗得家破人亡，好不容易三人打听到死者最新住处，相约前来要债，但死者耍赖不给，于是三人杀心顿起。

然而奇怪的事情发生了，三人交代杀死死者的手法皆不同，第一个说他是趁死者昏昏沉沉往房间里走的时候，从后面用一根粗绳套住了死者的脖子将他吊死的；第二个说他是趁死者在二楼上晃晃悠悠，从后面推了他一把，将他推下二楼摔死的；第三个说他是在一楼直接将死者的头按在游泳池里淹死的。然而法医鉴定，死者的致命伤是后脑勺。

通过这些线索，警方又在现场再三勘查，最后判定出死者死亡的真相应该是他在那三次暗杀未遂后，迷迷糊糊地从一楼往二楼走的时候，一个不留神，踩在了一块香蕉皮上，他四脚朝天地往后摔倒了下去，后脑勺正好磕到泳池边的一块砖角上，脑浆和鲜血流了一地而死。

我在上大学的时候听老师说过不少玄乎的案例，跟着张哥后也亲身遇到过一些奇怪的案例，但这些怪诞的案例皆能在心理学上解释得通。第一次看到这么“铁证如山”的超自然的事件，说真的我有些吓住了。

第二章

张哥见我愣在那儿，干咳了一声，见我还没有反应，于是问我：“子瑜，怎么啦？”

我回过神来，将档案拿到他的桌前，重点将第三份档案摊开，依然还有些蒙圈地说：“张哥，你看看。”

张哥凑近看了看，脸色有些难看，他又翻了翻其他档案，眉头皱了起来。我还是第一次见他这样，估计也被震惊到了。他往后仰了仰，换了个舒服的姿势，说：“我数了数，档案一共有八份，也就是说，有八个漫画和新闻报道相吻合。我请问一下，在这期间，你一共画了多少篇漫画？是不是每篇漫画都能同现实中的新闻报道对上号？”

张庭庭回答说：“这倒没有，我这三个月来一共画了二十篇漫画，对上号的就这八篇，而且越到后面，我发现我的漫画相吻合概率越高，尤其是最近更是篇篇都中。”

“我注意到你打印的这些漫画下面都有时间，而新闻报道上的出版时间你也特别画了圈，你这是在明确地告诉别人，你的漫画要比新闻报道早出来，是这个意思吗？”

“是的，我用的是电脑绘画，电脑里只要是创建一个文件，不管是 JPG 格式还是 WORD 格式，它创建的时间就会锁死，是修改不了的。这些相吻合的漫画都比现实新闻报道早出来，有的甚至早许多天。当第四个案例出现的时候，我真的崩溃了，不是常常可以看到新闻上报道，×× 盲人有超强的听力，×× 智障有独特惊人的天赋，×× 没有双手却凭双脚创作出精致的刺绣……我猜想是不是因为车祸，我暂时失去了行走的能力，让我无意中获得了一种我们人类尚未发现的某种能力，然后借由我的漫画提前表现出来呢？或者是被某个瘟神附体，以至于有了预告死亡的能力呢？”

张哥想了想说：“针对你的情况，其实有个很好的办法能够解决你的问题，那就是后面不继续画了不就可以了吗？”

“我当时也是这么想的，决定不再画画了，结果停画了三天后，有一天下午我犯困，趴在桌上小睡了一会儿，结果醒来后，发现电脑里竟然多了一则惊悚漫画，内容大概讲述一猪场老板失手杀了人，为了毁尸灭迹，将尸体肢解后直接喂猪了。第二天，我迫不及待地在各大报刊杂志上寻找相似新闻，果然又一次重叠了！”张庭庭停顿了一下，继续说，“后来，又陆续发生过两三次类似的情况，吓得我下午都不敢打瞌睡了，但是压根没用，有一天早上醒来，我发现电脑里也出现了惊悚漫画，然后还是跟现实生活中对得上号！”

“所以你觉得是自己害死了他们，要是你不画画，他们有可能就不会死，这些惨案就不会发生对吗？”

张庭庭忍不住又哭了起来：“是的，我也不知道自己到底做错了什么事，上天竟要如此惩罚我！因为我妖孽一样的能力，一个个我完全不认识的人失去了生命。他们根本还不知道自己为什么会遭逢厄运就莫名其妙地一命归西了。我跟家人说，他们没一个人相信，还以为我疯了。我不想再有其他人死了，所以我决定自我了结，我吃了过量的安眠药，但是被家人发现了，我趁家人都不在，烧炭自杀，但被邻居发现了，人又从鬼门关那儿被救了回来。”

“你的情况，我大概知道了，我完全相信你，要是换作我，遇到这种事情，我也会变得像你这样。不过，我得老实跟你说，事情并没有你所想的那么玄乎，拥有什么预言死亡的能力。”张哥一本正经地说，“这里面的一切都可以从常理解释得通，现在我这么说，你肯定不信，但是不要紧，可否等我几日？我会拿出我的证据来证明的。”

“是吗？”张庭庭略有一些怀疑，不过她还是点头答应说，“好吧，期望你能给我一个满意的答复，另外需要我配合什么的尽管跟我说，我一定配合到底！”

“暂时不用，但很快就会需要。你的这些档案先留在我这里吧，有些事我们还要验证一下。另外我有些话想单独跟你的家人说说，外面那位跟你一起来的是你的母亲吧。”

“是的，那行，档案先留在你这里，我现在出去叫我妈妈进来。”

“好的。”张哥说完后，对着我说，“子瑜，送张小姐出去，然后请她母亲进来。”

我应了一声，推着张庭庭出了门，然后把一直坐在外面的张妈妈请了进来。

张妈妈一进来后，就迫不及待地问张哥：“我家庭庭没事吧？不是精神病吧？”

张哥微笑着说：“没事没事，阿姨，张小姐挺好的，我可以负责任地告诉您，她绝对没有精神病。”

“那我就放心了，真是谢天谢地！”张妈妈松了一口气，紧绷的表情松懈不少，她说，“她整天像着魔似的说自己有什么预言死亡的能力，说自己害死了很多人，为此还自杀了两次。张医生，她不是精神病的话，那到底怎么回事啊？”

“这就是我请您进来的原因，张小姐的情况我心中基本上有数了，但是需要确切地证实一下。”

“您要我做什么？”

“我想拜托您在张小姐的房间里安装一个摄像头，请人偷偷地安，摄像头装得隐秘一点，藏起来，别被她发现，并二十四小时录像保存摄像内容。”

“这个嘛，好像不是太方便。”张妈妈有些为难，她问，“张医生，为什么要监控庭庭啊？”

张哥看着张妈妈说："因为我怀疑她有梦游症，张小姐现在的情况跟她的梦游症有莫大的关系，要想治好她的心病，必须要拿到充分的证据，我知道安摄像头在女孩子的闺房里，咳，是有些不方便，可是这事真的很重要，希望阿姨能够帮帮忙。"

张妈妈想了想，回答说："好吧，我儿子正好从事这种电子设备的工作，我叫他帮忙安装，监控内容我们到时候过一下，将无关紧要的镜头删了后，再给你送过来，你看怎么样？"

"那真是再好不过啦。"

"张医生，这么监控庭庭多长时间啊？我是不是每天都把处理好的录像送过来呢？"

"具体时间暂时不设定，一般的摄像头里的录像都是可以保存一周以上，现在咱们约定，您一周拷贝一次给我吧。"

"那好，等下回去，我们就安装。张医生，还有其他事需要我做吗？"

"暂时没有，有的话，到时候给您说啊。这事切记跟张小姐保密。"

"嗯，这个我知道。如果没啥事，张医生，那我先走了。"

"好。"

张哥和我一起将张妈妈和张庭庭送到了中心门口。临走时，张庭庭说："张医生，我等你给我信服的答复哦。"

张哥微笑着说："相信我，绝对不会让你失望。"

张庭庭点了点头，然后跟着张妈妈走了。

第三章

回到办公室，我迫不及待地问："张哥，张庭庭这事到底怎么回事啊？我去，都快要颠覆我的认知了！"

张哥露出一个谜一样的微笑说："刚刚说话，你不是也在听嘛，梦游症！"

"我去，别逗我了，小小的梦游症怎么可能造成如此玄乎的预言事件。快说快说，求你啦，我的好张哥呀，你是天底下最帅最帅最最帅的人哪！"我拍他的马屁。

"哼，这是自然的。"张哥冷哼了一声，又嘿嘿两声说，"先别急着刨根问底，咱们按流程来走，先说说你的看法吧。"

"你是想听违心的说法呢，还是真心的说法？"

"我去，你事还真多啊，违心的说法是什么？"

"违心的说法是跟客户说的。"我故作严肃的表情，接着说，"首先不管是小说也好，漫画也罢，灵感多数是来源于生活，而张庭庭的工作是从各大报刊杂志转载新闻，工作性质决定了她很容易接触到各类社会时事，所以她画的画，很容易就会从现实生活中找到投影。其次是刚刚她也说了，她的画预言有相当一部分准确度很高，但是依然有很多情节并未预言成功。我们人啊，往往会轻易地忘掉一百次失败的预言，却津津乐道偶然的一次成功，这就跟某某人算卦算得可准了一样，其实这也基本上属于此类情况，即偶尔算准的留在了那些轻信的人们心中，而大量未算准的却被这些人遗忘了。”

“我去，你这话说得四平八稳的，还是蛮在理的，一般人听你这么说，铁定被你忽悠住！”张哥忍不住夸我说，“有进步，有进步！小子，我看好你！”

夸奖完后，他问：“那真心的说法呢？”

“真心的说法，少扯淡啊！”我抓着头，摊着手说，“如果只是一两件巧合也就罢了，八件呢，一共就二十篇，有八篇成功预言，这概率未免太高了，都快过半了，实在是难以用巧合来解释。”

“哈哈哈……是啊！说什么巧合使然，肯定都是忽悠人的，骗骗外人还行，是骗不了自己的。”

“是啊，那张哥你说张庭庭这事到底是怎么回事？”

“她这事啊，其实说穿了并不神秘，我当时一看那些档案说真的也被吓住了，不过很快我就发现了里面的漏洞。”

“有什么漏洞？不会吧，难道时间上造假了？”

“张庭庭时间上没有造假，只不过咱们都被那上面的时间给蒙蔽了。”

“我的哥啊，都什么时候了，没看到我都急得不成了吗，不要卖关子啦，有话直说。”

“张庭庭提供的那些档案里表面上来看，她的漫画画成的时间确实是要早于她附在后面的新闻报道出刊的时间，但是你可能没有注意到，其实那些新闻报道里的案件发生时间要比她画漫画的时间早很多。换句话来说，就是她附在漫画后面的那些新闻报道都是滞后新闻，刚刚在电脑里记录她情况的时候，我偷偷在网上查了一下，发现那些案件网上早就有了。不信，你看看我的电脑，浏览器我都还没有关呢。”

“啊，有这等事？！我看看。”

一听，我大吃了一惊，忙走到张哥的电脑前查看，搜索引擎里还保留着关键词“一家三口自相残杀以致灭门”的查询记录，上面出现了许多相关结果，随手点开了一家新闻网站，里面刊登的消息跟张庭庭带来的新闻报道一样，但是对比二者发现有两点不同：一是消息来源不一样，二是刊登时间不一样，要远远早于张庭庭带来的新闻报道。我又对比了一下张庭庭那篇漫画，一样依然早于她漫画完成的时间。

我将张庭庭带来的那些新闻报道以关键词输到搜索引擎里一一验证了一下，果不其然，所有的案件都可以找到比她漫画更早出刊的新闻报道。

看到这里，我如释重负地长吁了一口气，心情开始晴朗起来，我跟张哥说：“这么说，所有的事情就都解释得通啦。”

“哦，那你说说。”张哥皮笑肉不笑地说。

我稍微组织了一下语言，说："我觉得张庭庭喜欢画各种谋杀的漫画，本身心理就不太健康，并且早有梦游症。正如刚才我所说，张庭庭的工作性质，让她很容易接触到各类社会时事，她在浏览海量新闻的时候，读取了谋杀案的信息。但是由于信息量巨大，她当时只记得一些碎片，于是大脑里有这么一个故事轮廓，但对这个事件是真实事件并不确定，以为是自己构思的故事，然后在清醒状态下作画。新闻报道出来以后，发生巧合，她以为是自己有了预言能力。并且，她本人倾向认定自己有超能力，于是一再心理暗示这一切都是自己干的。压力之下，梦游复发，所谓日有所思夜有所梦，梦游中再次作画。清醒后发现又发生'巧合'事件，更加坚信自己的超能力挡都挡不住，于是被心理压力压垮！"

"小子，我真是越来越欣赏你了。一点就通，为师也是这么认为的！"

"所以你拜托张妈妈监控张庭庭，就是为了拿到她梦游的证据？"

"张庭庭现在完全陷入超能力里面，想让她从坑里跳出来，必须要有充分的证据。"

几天之后，张妈妈拿来张庭庭梦游的录像，在时间漏洞和梦游录像两大证据下，张庭庭终于意识到问题的根本。经我们深入了解，发现张庭庭的梦游症是在车祸之后发生的，她由于时刻担心自己的双腿不能再行走，从而致使精神紧张，惶惶不可终日。

为了治愈她的特殊的梦游症，我们给她量身制订了一个计划：

第一是让她暂时停止工作，停止画画；

第二是要对自己的双腿复原保持乐观的心态，遵照医嘱按时锻炼；

第三是保持心情愉悦，多听一些轻松的音乐，放松自己。

另外给她开了一些镇静安眠药物加以辅助治疗。

两个月后，张庭庭的双腿如愿恢复了，梦游症也消失了。她将她车祸之后遇到的种种事情画成了漫画并结集出版，大卖了好几万套，身份一变成了知名漫画家。现在她依然与我们有联系，她还不时从我们这边获取各类心理障碍案例作为素材，改编成漫画。

NO.05

认马桶的男高中生

案例编号：120090914

姓名	丁小雨	职业	学生
性别	男	婚姻	未婚
年龄	16	住址	北京东城区
症状情况	无意中看过的一部恐怖片，让他对马桶产生了恐惧心理，随着同学的恶作剧，这种恐惧心理无限放大了，吓得他都不敢方便了		
治疗结果	成功		

第一章

认床，我想很多人都有这习惯，长期的床睡习惯了，换一张新的床后怎么睡都不踏实，出差在外住酒店更是如坐针毡，床上像长钉了一样，翻来覆去，辗转难眠，但是认马桶，你见过吗？我和张哥便遇到过这么一个奇特的案例。

记得那天是我的第一款苹果手机到手了，那时候苹果 4 刚刚进入中国不久，销售价格是 4000 多元，当时我的实习工资才不过是 1500 元而已，为了买这款手机我差不多花了三个多月的工资。

当时还在用诺基亚的张哥，见我拿着苹果 4 到处炫耀，一把夺过去试玩了一下，奸笑地跟我说："这手机质感不错，功能很人性。不过有个缺点。"

我不明所以地问："啥缺点？"

“手机主人智商是硬伤，这么高智能的手机配在一个低智商的人手上，岂不是糟蹋了。为此我决定牺牲自己，你这手机我先用一个月。”

“凭什么啊？！”当下我就急了。

“子瑜，你跟我已有七八个月了吧。”

“嗯，已经八个月零十一天。”

“哟，记得这么清楚，莫非是想早点脱离我，自立门户？”

“嘻嘻，不想当将军的兵不是好兵！”

“这不就得了嘛，你刚刚问我凭什么借用你的手机，那么现在我告诉你，想在一年后由实习生转成见习心理咨询师，先得过我这一关！我不点头，你觉得你有可能转正吗？”

“我去，张哥不带你这么威胁人的吧。”

“不服气，可以去找姨妈理论。”张哥一副死猪不怕开水烫的模样。

一见他这样，我立马认屃了，眼巴巴地看着我的小苹果，竖着食指，可怜兮兮地说：“张哥，说好了，就一个月哦。”

张哥这家伙，恬不知耻地迅速把他诺基亚里的手机卡装在我的小苹果里，完了后，托着我的下巴，怪笑说：“子瑜，开心点，你别苦逼着一张脸，好像别人欠你钱不还似的，这个交易，你是划得来的。你想想你的实习工资不过是1500块而已，倘若转正成为见习心理咨询师，工资立马翻了一倍，再加上其他补助，小小的苹果

4 你一个月就能买到啦。”

这时，负责预约排号的美女阿怡突然进来，看到这个情形，捂嘴笑了笑，起初我还没有明白过来，突然看到张哥的手依然托着我的下巴，忙推开他的手，大叫：“我去，张哥，有话好说，别动手动脚的。”

说完后，我又忙跟阿怡解释说：“阿怡，你千万别误会啊，我跟张哥清清白白的，什么关系都没有。”

张哥板着脸说：“说什么胡话呢？我和你没什么关系吗？”

“有有有，不过我和你仅限于单纯的师徒关系。”

“好了好了，子瑜，你别解释了，我知道啦。”阿怡依然笑得很诡异地说，“哦，对了，差点忘记正事啦。张哥，之前预约的丁小雨和丁妈妈来了。”

张哥说：“那请他们进来吧。”

阿怡应了一声，然后出去了，临走之时，她意味深长地看了我一眼。

我勒个去，她肯定是没有把我的解释听进去，还是把我跟张哥的关系想歪了，我急得真想要撞墙了，看着张哥一副无所谓的表情，恨得真想扑上去掐死他。

阿怡刚刚出去，随后丁小雨和丁妈妈就进来了，我不再多想，立马调整到工作状态，招呼他们二人坐下，又奉上了热茶。

丁妈妈大概四十出头，盘着头，穿着一身合体的旗袍，她一坐定就焦急地说："张医生，我家孩子有认马桶的习惯，只认家中的马桶，其他地方的方便不出来，可把我急坏了。医院医生说他这是心理障碍，不是什么病，建议我找心理医生看看，不知道你这边有什么对症下药的办法？"

"认马桶？这倒是挺少见的，一般都是认床。"张哥看了看二人，然后接着说，"能说说具体情况吗？"

"我这孩子啊，前几天晕倒在学校里，被同学送到了学校的医护室里，校医给他做了一些简单的救护，但不知道为什么孩子就是不醒，校医仔细检查后，发现他肚子鼓鼓的，以为他肚里有什么毒瘤，吓得连忙把他送到了附近医院。"丁妈妈想到当时的状况，依然还有些后怕，她担心地说，"我和孩子他爸接到孩子住院电话的时候，也吓了一大跳，连忙赶到了医院。医生检查后告诉我们说，我们家孩子肚子里都是大便，五脏六腑被挤得都有些移位了，幸亏送得及时，否则就有生命危险。医生还埋怨我们说，孩子如果便秘不出来，要及时就医，千万不要硬挺，不然的话很危险的。我和孩子他爸当场愣住了，问孩子是不是便秘，结果孩子说不是，至于啥原因起初死活不肯说，后来逼急了，才告诉我们说他害怕马桶，只有家中的马桶，他才能方便出来，外面的马桶一律不成。这些天来，他一直憋着不方便，结果憋出事来了。我和他爸一听觉得有些不可思议，竟然有这样的事？！不过后来想想，孩子这心病好像早有预兆，只是我们没有注意到罢了……"

丁小雨进门后一直低着头，这时，突然抬起头来，出声打断他妈妈说："妈，别说了，怪丢人的。"他十五六岁的模样，穿着高中生校服，人高高帅帅的，一看就知道是个打篮球的好坯子，在学校里一定很招女孩子喜欢，打断她妈说话的时候，脸微微有些红，看着还蛮可爱的。

"你这孩子，这又不是什么见不得人的事，医院的医生不是说了嘛，你这是心病，得心理引导，死扛是要出大问题的。"丁妈妈嘴里虽然埋怨着儿子，但看着丁小雨的眼神里却满是关切之情，她柔声地说，"咱们好好跟张医生说说好吗？"

"嗯。"丁小雨又低下头。

丁妈妈看着张哥，继续刚才未完的话题："我家孩子刚刚上高中，之前上的初中就在我们小区旁边，从学校到家中走路也就是五分钟的距离，之前老见他课间往家里跑，觉得奇怪，问他原因，他不是说忘记带课本就是忘记带资料，虽然次数很多，但每次都能看到他拿着东西出去，我也就没在意了。临近中考的前一阵子，见他吃饭很少，基本上不喝水，被我和他爸发现他在减肥，见他确实有点儿胖，就任由他减点，结果他减得面黄肌瘦，我和他爸自然不乐意了，逼得他大吃大喝起来。中考完毕后，孩子考上了现在就读的重点高中，可是在临近报到的时候，却跟我和他爸说，他想就读我们小区附近的那所普通高中，问他为什么选择普通高中，他说离家近，想每天都能回家，而那所重点高中距离远，有二三十公里，要住校，普通高中教学质量哪有重点高中好，我和他爸不同意他换学校，结果没想到他刚刚到学校报到不到一周就出事了！”

“哦，原来是这样。”张哥点点头，眼睛转向丁小雨，开始了他那套引导式提问，“为什么你会认马桶呢？你家马桶跟别的马桶难道有什么不一样吗？”

“这倒没有，我家的马桶就是一般坐式马桶，我就是感觉其他的马桶不大安全。”丁小雨抬起头，咬着嘴唇半晌后回答道。

“正所谓无风不起浪，你害怕别的马桶，我想肯定马桶曾经让你不快，给你留下了心理阴影是吗？”

“嗯。”

“你能跟我们说说吗？”

“这个……”丁小雨犹豫了一下，深呼吸一口气说，“好吧，但是你们不准笑哦。”

第二章

丁小雨说追溯他害怕其他马桶的事要从初三开始说起，初三开始后，学业日渐繁重，每天都要做大量的试题，复习到很晚，为了减压，有一天晚上，他偷偷打开了电脑，找到一部恐怖片看了起来。

那个恐怖电影叫什么名字他早已忘了，只记得里面有这么一个情节：男主角坐在马桶上悠哉地大号，突然马桶下伸出了一只手，吓得男主角瘫痪在厕所里。

起初的时候，他并未太在意，看完了也就忘了，但要命的是下半夜的时候，他被一股尿意惊醒，当即爬起来跑进了厕所，撒完了尿，又觉得肚子有点不舒服，于是顺势坐在马桶上。

但是坐了好一会儿都没有拉出来，然而肚子依然胀得难受，他只好继续待着。父母早已睡熟，整个屋子安安静静的，只能听见他的心跳声。

或许是觉得无聊吧，他脑子里不知道为什么突然想起先前看过的那部恐怖电影，随即那个从马桶下面伸出一只怪手的镜头蹦了出来，他吓了一大跳，立刻感同身受得如弹簧般跳了起来，扭头看向马桶，好在并无异样，他松了一口气，又坐了下来。

可是之后就再也无法坐住了，总感觉马桶下面似乎有东西在动，迫使他站起来看，看完后又坐下，来回倒腾了好几回，终于好不容易大号完毕，他像逃难似的回到了卧室。

自此之后丁小雨像着了魔一样，有了心理阴影，每次大号的时候，总担心马桶深处会突然伸出一只手抓他的屁股，为此经常方便一次，要挪动屁股好几次，来回掉头查看马桶有无可疑迹象，方可安心继续拉下去，就连那种蹲便式的马桶也不例外，频频低头看。

正所谓好事不出门坏事传千里，他这个怪癖不知道怎么着在学校里流传开了。关于他的奇怪举动，有的同学说是他喜欢看自己的屎，有的同学说是他得了痔疮，有的同学甚至说他得了花柳病，反正说什么的都有。

对于这些谣言，他想反驳，但是又不知道如何反驳，照实说总觉得难以启齿，瞎掰个理由吧，又好像没有很好的解释，只有任由同学们流言蜚语。

真正让丁小雨心魔进一步激化的是班上那名叫高天云的捣蛋男生的恶作剧。有一次，他去大号，他们学校厕所是那种老式的联排式茅坑，一条排污沟上有着若干个小隔间，没有门，进去直接蹲下即可。

当时厕所里没有其他人，他选了一个最里面的坑位蹲下，一如既往，蹲下后，他开启了小鸡啄米模式，不时低头看着排污沟，时刻注意是否有异常现象。尽管有时候前面流下来的大便就停在他的下面，阵阵臭气，让他有些反胃，可没办法，低头已成了他上厕所的下意识了。

他频频检查了半天，下面的排污沟并无任何可疑之处，终于可以安心拉屎了，他刚刚把头抬起来，正要拉，这时候，突然觉得屁股有点痒。他低头一看，吓了一大跳，下面不知什么时候多了一只骷髅手，正在摸他的屁股。

他当即汗毛直立，吓傻了，裤子都忘了拉上去，还没等他回过神来，旁边爆笑连连，他抬头一看，班上那几个调皮的男生，正在哈哈大笑，其中那个手里拿着半截塑料模型骷髅手的男生正是高天云，他笑得最夸张，还跟其他人嘲讽说："怎么样？我就说保证会吓得他魂飞魄散吧！"

原来是他们在搞恶作剧！

"× 你妈！"丁小雨气急败坏，拉上裤子，冲那个高天云就是一拳。

高天云想不到他上来就打，尚未反应过来，挨了个正着，当下暴起："我 ×，敢打我，我看你是不想活了！"边说，边反击。

丁小雨人高马大，何时怕过别人，马上又一脚踹出，瞬间两人扭打在一起，在一旁看热闹的男生，一看不对劲，立马上来拉架，四人费了好大的劲，好不容易方才将二人拉开。事后，学校对他们二人的处罚是各打五十大板：留校观察。

因为这事，丁小雨的心魔更重了，他觉得除了家里的洗手间之外，哪儿的厕所都不安全。好在他们学校离他家不远，之后每次他大小便都往家里跑，为了减少回去的次数，他还尽量少喝水，少吃那些容易引起肠胃不适的食物。

张哥听到这里，问丁小雨："那你是否曾经想过要克服这种心理障碍呢？"

丁小雨回答说："我试过，不过没有成功。我知道不能老这么下去，强逼着自己去其他厕所大小便，可是说来也奇怪，到了其他地方，半天硬是拉不出来，只有回到家里方能痛快地排山倒海。”

他说为了克服自己的心理障碍，他特意选了时间宽裕的午休做实验，有那么一阵子，他从家里吃完午饭后，就立马返回学校，用水壶猛灌开水，让自己快速有尿意，然后钻进学校的厕所里蹲坑。

但是没有用，学校的厕所就像是有什么魔力似的，明明肚子胀得要命，可是进去之后，顿时尿意全无，蹲个半天都蹲不出来，然而一离开厕所的门口，那该死的尿意瞬间又回来了，真是气得他恨不得狠狠地把自己的肚子揍上几拳。

此后，他不敢再硬逼自己，又开始自我调节，吃得比以前更少了，减少上厕所的次数，他这种极端手段还是收到了一些效果，有那么一阵子，他两三天才上一次厕所，为此他暗暗窃喜。

不过副作用很快跟上，他迅速瘦了下去，整天面黄肌瘦、营养不良的样子，走路都摇摇晃晃，好像一阵风就能把他吹倒。他的家人自然不干了，知道孩子节食成这样子，便每天逼着他大吃大喝。减肥的人都知道，一旦开了这个口，以前的努力顿时全部化为乌有。

上高中后，由于离家远，他不得不住校，这让他没办法回家及时方便，一连憋了七天，结果第八天满脸苍白、大腹便便的他就昏死在了学校里，送到医院一查，发现满肚子都是大便，肠胃超重致使胸腔和器官偏移，压到了心脏的位置，好在及时送来，不然的话，恐怕会有生命危险。

出了这种事，丁小雨实在没有再继续隐瞒的理由了，他如实地把真相告诉了家人和医生。由于这属心病，医院无从下手，于是将他推荐到了我们心理咨询中心。

第三章

听完丁小雨的讲述，我有好几次差点笑出声来，这实在是太搞笑了。张哥倒是很淡然地说："你认马桶的这种情况是属于'厕所恐惧症'，从元认知心理学分析，这种恐惧心理机制是潜意识条件性发射，即潜意识自动化的程序，个人在意识上不能控制，如同有人见到蛇便恐惧一样。说到底是缺少安全感的一种表现，人天生会对不熟悉的未知环境产生自我保护意识，适应能力差的人，容易过分敏感，产生焦虑与不安，而你受恐怖电影和同学吓唬的双重影响，更是让自己的警觉性放大了无数倍，以致变成了现在这般模样。"

"那有什么办法治疗吗？"丁妈妈迫不及待地问。

"办法是有的，就是需要耐心配合。"张哥说完这句后，看着丁小雨说，"丁同学，你这个心病，不大容易治愈，需要很长时间去矫正。治疗过程中，有可能要吃苦头，你能坚持到底吗？"

"只要能治好我这个病，什么苦我都能吃。我实在忍受不了这种折磨了！”丁小雨坚毅地说。

“那就好。”张哥点点头。

说完，他就给丁小雨制定了一个治疗方案：

第一是要他在别的地方上厕所的时候，不断地幻想自己就在家里的洗手间里，这种治法叫“情景治疗法”；

第二要他尽量选择环境比较好的厕所去尝试，如高级的写字楼、高级的酒店等地方，可以一边上厕所一边听着自己喜欢的音乐，这种治法叫“暴露治疗法”；

更绝的是第三点，张哥给他开的药竟然全部都是泻药！

看上去这三点好像并不出奇，然而具体实施起来，没有足够的耐力和耐心是很难坚持下去的，这就像是乒乓球训练一样，不过就是来回地拍打这两个看似很简单的动作，然而你要想熟练地掌握，就得不停地重复再重复来回拍打的动作，让它们与你的身体合为一体，形成一种条件反射，当球来的时候，压根不需要你大脑再去想，你的手臂自己就知道如何去接。

在我们的督导下，丁小雨的“厕所恐惧症”很快有了改善。几个月之后，他已经完全克服了心理障碍。

NO. 06

一心想做残疾人的长发美女

案例编号：120101114

姓名	柳萌	职业	学生
性别	女	婚姻	未婚
年龄	21	住址	北京顺义区
症状情况	跟着单亲母亲长大的她，从小就羡慕残疾人，觉得他们好得不得了，没想到久而久之，竟然成了她的一块心病，为此她不断自残以便实现自己的残疾梦		
治疗结果	成功		

第一章

我们都不希望自己肢体残疾，肢体残疾的人士则希望用各种方法恢复肢体的功能。然而这个世界上，还有一个特殊的人群有着完全相反的想法——“残疾扮演控”和“慕残控”。

他们四肢健全，却对肢体残疾情有独钟，甚至要找外科医生做不必要的截肢手术，非要把自己弄成残疾才罢休。柳萌就是这样的人。

柳萌来我们心理咨询中心的那天是一个非常严重的雾霾天，外面昏天暗地的，可见度只有二十米左右。这样的鬼天气，我想应该不会再有人拜访，于是跟张哥说：“我肚子有些不舒服，先回去啦。”

张哥瞟了几眼，冷笑一声说：“是想回去睡觉吧。”

“没有没有，是真的肚子不舒服啦。”我忙摆手说。

“语调突然加重，恐怕是怕我不信，特意强调的，不敢看我的眼睛，显然是心虚。”

“是真的啦，你看我像是撒谎的样子吗？”

“是吗？那你告诉我，你昨晚干啥了？”

“啥也没干，早早睡了。”

“啧啧，眼球向右上方看了，说真话的时候，人的眼球是向左上方看的，这个理由编得不合格啊。”

“我去，张哥，你能正常点不，是是是，我是想回家睡觉，昨晚打游戏熬夜了，今天困得要死，你放我一马吧，让我回家补个回笼觉吧。”我懒得编来编去，照直说了。

“你早这么说，不就得了吗，你跟我这么久了，难道还不了解我的为人吗？像我这么好的人，怎么会……”张哥一脸坏笑，“怎么会同意你回家睡觉呢，要回去也得是我回家，我也有些困了，你在办公室里值班，我回去了。”说完，拿起他的包包就往外走。

“我去，张哥不带你这样的啊，你走，我也走。”我跟了上去说，“要是事后姨妈问起，我就说我是跟着你回家睡觉去的。”

张哥闻言，一把拉住我，然后搭着我的肩头，戏谑地说：“跟着我回家睡觉，这个可以。小子，走走走，咱们回家睡觉去。”

我一把推开他说：“滚蛋啦，我是说，你回你的家睡觉，我回我的家睡觉。”

“我也是这个意思啊。”张哥捂着自己的嘴，做了一个非常夸张的表情，继续说，“我的天哪，你想哪儿去啦。小子，你太恐怖啦！”

“受不了你啦，被你打败！”推开他，我快步走到门口，想要开门出去，这时，门由内向外拉开了，一个身穿一袭红色连衣裙的美女俏丽地出现在门外——她就是柳萌！

柳萌看了看我，又看了看张哥，微微有些意外地说：“你们这是要下班了吗？”

“没有没有，我们是打算到同事办公室里串串门。”我微微一笑，然后让出门来，做了一个“请”的动作，继续说，“请进，请进。”

柳萌拖着左脚，一瘸一拐地走了进来。我跟在她的身后，心中不停地暗叫可惜，这么漂亮的美女，居然是个瘸子，老天真是瞎了眼了！我招呼她坐下，随后奉上了热茶。

张哥早趁机回到了座位，见柳萌坐定后，开口问：“你好，请问有什么可以帮到你的？”

柳萌将左腿往前挪了一步，回答道：“我是想请医生帮我看看我这条左腿可有什么办法治好？”

张哥看了一眼她的美腿，干咳了一声说：“咳，我们这是心理咨询中心，如果要治腿的话，你得去医院，我们这里治不了。”

“不好意思，我刚刚没有说明白，其实我这条腿没什么问题。”柳萌腼腆一笑，继续说，“我也不知道该如何说才好。是这样子的，我也不知道为什么总觉得自己的左脚像不属于自己的似的，怎么看都不顺眼，一直想要截了它。我在网上曾经搜索过一些资料，上面说我这种情况叫‘慕残者’，好像没啥可行的治疗办法，不过最近我交往了一个男朋友，他是我的学长，我非常喜欢他，他也很喜欢我。对了，他并非是伤残人士，而是个正常且完整的人，我也不知道为什么会喜欢上他。他很不喜欢我瘸着腿，一直吵着要去医院将我的左腿治好，其实我心中清楚，我的腿并没有啥大碍，只是我嫌弃它，故意这么拖着地走路而已，所以我过来看看有啥办法可以治好这个毛病。”

慕残者我曾在心理学书上看到过这种怪癖，现实生活中倒是第一次见，便忍不住多看了几眼她那条左腿，看上去好像并没有其他异常之处，跟右腿一样都是那么的修长白皙，在黑色丝袜的衬托下更显得性感无比，想到这么一条美腿被如此糟蹋，我心中就有些不忍。

张哥点了点头说：“哦，原来是这样。是的，慕残者不好治疗，说不上是一种心理疾病，只能说是一种另类的价值观，就像正常人一样，有人喜欢斯斯文文的，有人喜欢大大咧咧的，你硬要一个喜欢斯斯文文的喜欢上大大咧咧的，肯定很别扭，萝卜青菜各有所爱，喜欢断臂残肢的，也不是一种错。一般有这种倾向的人，择偶基本上是认定在残疾人上，你居然对一个完好的人动了情，而且又主动前来寻求扭正慕残者心态的办法，我想你治愈的可能还是有的。正所谓对症下药，方能药到病除，我想问问你是怎么有了‘慕残’这种倾向的呢？”

“我想一切都源于我的出身家庭吧……”柳萌动了动身子，换了一个更舒适的坐姿，然后娓娓道来。

第二章

柳萌说她出身于一个单亲家庭，父亲在她很小的时候就跟小三私奔了，从此生不见人死不见尸。她母亲是一家残疾人康复中心的护理医生，所以从小就带着她进出康复中心，在柳萌的记忆中，很大一部分是跟残疾人康复中心有关的。

耳濡目染的她，从小便对残疾人产生了异常的羡慕——那些人不管年纪多大，总是有人鞍前马后地伺候着。为了得到这种待遇，她小时候曾经不时弄伤自己的手或者脚，以获取忙碌的母亲片刻的呵护，或许就是因为如此，以致她正常的心理开始产生扭曲。

长大后，虽然她不再利用自残这种幼稚的行为来骗取关爱，但是假扮受伤来逃学已是家常便饭了，这种屡屡得手的结果，更是让她错误地以为当残疾人更好，每次见到残疾人她就觉得兴奋，有时候真恨不得自己也缺条胳膊断条腿。

高一那一年，她如愿了，一次意外，她摔断了左腿。这次意外让她真正体会到了“残疾人”的特优，虽不说衣来伸手饭来张口，但每天除了吃喝就是睡觉的感觉着实让她暗爽不已，尤其是所有的人无一不是对她关爱有加，这让从小缺爱的她得到了些许的宽慰。

她左腿的伤恢复得很快，几个月后已经完全好了，可是不知道是不是心理作用所致，她感觉不到自己的左腿了，脑子像断了一根弦似的，总觉得她的左腿不是她的，它在她眼里更多的像是怪物一样，她的心里这时候也产生了奇异的想法，她觉得完整的自己应该是没有这条左腿才对。

为此，她曾经两次严肃认真地“对付”过她的左腿。

一次是关在房间里，用皮筋捆绑住左腿，然后想自己动手割掉它，但是一刀下去，疼得她直掉眼泪，第二刀再也不敢割下去了。

另一次是某年的冬天，她突发奇想，如果装一桶冰水，将左脚放进去，冻个一两小时，不就可以兵不血刃了吗?！理想是丰满的，现实是残酷的，如法炮制没多久后，她就冻得嘴唇发紫、直打哆嗦，不到半小时就差点休克过去。最后求生的意志战胜了干掉左腿的意念。

她的两次“斩腿”行动都以失败告终，然而失败并没有打消她斩掉自己左腿的念头，这念头依然盘桓在她的脑际中，闲的时候，她就下意识地琢磨如何处理这个“异物”，想象着没有“累赘”后的美好生活，那时一定像一匹脱了缰的马一样快乐，还能享受到各方的优待和关爱。

这种思维的潜移默化，让她更加嫌弃她的左腿。在家里，她总是单腿跳来跳去，坐下来的时候，她把一条腿撇在一边。平常里，她习惯性右倾，努力把身体的重心放在右腿上，尽量忽视左腿的作用，以致走起路来一瘸一拐的，旁人一直都以为她是瘸子。

“我一点都不介意同学们叫我‘瘸子萌’，相反还挺开心的。在我还没想到干掉左腿的办法之前，我打算一直就这么假装残疾人下去，但是大三的时候，没想到我遇到了他！”说到这里的时候，柳萌的脸微微有些发红，她有些不好意思地说，“他很帅，留着一头长发，说话很温柔，笑起来的时候有点像金城武，其实一开始我一点都不喜欢他。我喜欢的是有点小小的残疾，最好是缺条胳膊或者断条腿的男生，因为在我看来，这样的男人才性感，才是真正的男人。不瞒你们说，我的初恋男友就是一个截了肢的小帅哥，看着他夹着拐杖走路，一步一顿，我觉得优雅极了。可是架不住学长的拼命追求，一次次被他的温柔和体贴打动，最后逐渐接受了他。”

张哥问：“你是怕你男友嫌弃你残疾对吗？”

“嗯，男友问过我左腿的事情，我谎称是高中时候的那场意外落下的后遗症，虽然他从来没有说过嫌弃我的话，但是他一直说要找个好医院看看能不能治好我的腿，由此可见，他还是更希望我有一双完好无缺的腿。之前我推说都是很多年的老毛病了，去了医院也是浪费钱财，不肯去，但是最近他说，已经帮我联系好一家德国医院，下个月就带着我一起去治腿，我怕这一去，立刻露了馅，暴露了自己的怪癖事小，怕的是影响他对我的信任，所以我先提前来看看心理医生。”

“我是这么认为的，男女相处最关键就是‘信任’二字，你不妨直接告诉男友你的怪癖，一来这也不是什么大不了的事；二来矫正你这个怪癖需要有人监督和辅助，你男友无疑是最好的人选。”

“你的意思是说，我这个怪癖是能够矫正过来的咯？”

“我不敢打包票一定能行，但是既然你主动找上门，说明你自己有心想要矫正过来，这是一个很好的开始，我们可以试试。不过在治疗之前，我建议你先去医院查查腿，看看有没有什么问题，下次来的时候，带着你的左腿诊断报告和你的男友一起过来，到时候我这边给你量身定制一套治疗方案。”

“真的要告诉我男友吗？”柳萌还是有些担心。

“嗯，如果你的左腿没问题的话，你男友会对我们的治疗方案起到关键作用。再说了，如果一个男人真爱一个女人，是一点都不会在意这种小事的。莫非你对你男友没信心？”

“好吧，我知道了。下次过来，我会带上他的。”

说完，柳萌就起身走了，我绅士般地将她送到了门口。

我回到办公室的时候，正看到张哥提着他的包包离开座位，快步走过去拦住说：“我去，张哥，你还要回去睡觉啊？”

“嗯哪，不然呢？！”张哥一副理所当然的模样。

“这才四点多呢。”

“四点多就四点多，哥今天就是要回家睡觉！”说着，张哥就往外面走。

“好好好，谁叫你牛 × 呢。”我跟上他的脚步，边走边问，“对了，看你刚刚胸有成竹的样子，看来柳萌这事你心里有方案了，说来听听嘛。”

“切，你不是早知道了吗？刚刚听我最后那么说的时候，你脸上一副‘我早料到’的表情。”张哥瞟了我一眼，不屑地说。

“呵呵，不敢不敢，那我先说说，看看跟你想的是不是一样哦？”我干咳了一下，清了清嗓子说，“从柳萌的口述中可以看出，她之所以会有慕残心理，完全是因为所处的环境使然，让她有了当残疾人好的念头，严格说起来是缺爱造成的，这也就是为什么当她遇到贴心的学长后，思维开始发生了根本的变化。其实她对残疾人有很深的误解，只是看到了他们的表面现象，觉得啥都不干，有人照料，有各种优待，不知道他们内在是有多苦，社会对于他们是有多歧视，倘若让她真正做一回残疾人的话，我想，应该能快速瓦解她心中慕残的最后一点信仰。呵呵，张哥，你是不是打算这么出方案的呢？”

“小子，好样的，看来咱们越来越有默契了啊。不仅这件事想到一块去了。”张哥笑了笑，打趣地说，“你看，就连这都想到一起啦，你这是要跟我一起回家睡觉的节奏吗？”

听他这么一说，我才发现自己不知不觉地跟着他上了车，“我呸，张哥，你能不能正常点啊，老这样戏弄我有意义吗？”我连忙开门下了车。

“我觉得蛮有意思的，哈哈哈……”张哥发动了车，一踩油门跑了。

第三章

几天后，柳萌带着她的左腿诊断报告和她男友过来了。报告上显示她的腿并无大碍，从她男友一进门就紧张地问我们治疗柳萌的办法来看，她欺骗她男友一事，这个高大英俊的帅小伙压根就没有放在心上。

张哥看着二人说：“其他的事情我就不多废话了，柳萌既然你的左腿没事，那么我就说说我的治疗方案。这第一是既然你这么喜欢当残疾人，那么这次我就让你当个够，等下我会请我们的药剂师丁冲为你的左脚打上石膏，然后安排轮椅让你坐，接下的三个月，你只能依靠轮椅来生活；第二是眼下正是寻找工作的最好时机，你反正也快大四了，该修的课早已修完，不妨趁现在找一下工作试试，多接触一下社会，这对你的矫正会有莫大的帮助。”

柳萌问：“就这两点吗？不需要开点什么药吗？”

“对，就这两点，先试验三个月看看再说。另外啊，你这不是病，不需要吃药，你需要做的就是全力配合。”

“哦，我知道了。”柳萌点点头。

张哥对着她男友说：“帅哥，给你一个非常艰巨的任务。柳萌的矫正能不能成功其实全在你。”

“您说您说，保证完成任务。”她男友有些诚惶诚恐。

“别紧张，你的任务就是全程监督她，不能让她因为不便就卸下石膏，不坐轮椅，完全当她是一名腿部有问题的残疾人来看待。其他的，你能帮上忙的，尽量满足她。明白不？”

“明白了，我一定做到。”她男友满口答应。

张哥随后请了我们心理咨询中心的丁冲过来，为柳萌打上石膏，又配了一辆轮椅给她，与柳萌的男友约定每半个月报告一次情况后，就让他们二人走了。

当时正值柳萌大三下半学期，毕业生都忙着找工作，“身”为残疾人的她，虽然有男友的帮忙，但还是吃尽了苦头。面试公司的歧视、旁人可惜的眼神、无意中摔倒后无助的悲伤、上下车各种的不便，晚上甚至连睡觉都无法翻身的尴尬情形，大大地刺激了她，不时暗地里偷偷抹眼泪。

四个月后，她最终忍受不了这种折磨，来到我们心理咨询中心，请求敲掉石膏，去掉轮椅，我们遂了她的愿，结果石膏一拿下，她就立马下了地，撒腿就跑了，感觉像是重生了一般。那一天，她像第一次学会走路似的，欢喜地跑了好一阵子。

张哥问她："你现在是否还有慕残心理？"

柳萌想了想说："张医生，我不想骗你，我好像还有点。不过……"她在地上跳了跳，原地转了一个圈，接着说，"我很喜欢我这条左腿！我要好好爱惜它，不会再拖着它走路啦！"

张哥："我想这已足够了！"

张哥和柳萌两人相视一笑，一切尽在这笑容中。

NO.07

这个神棍的符水竟然能治百病

案例编号：120111124

姓名	刘家村村民	职业	学生、农民、商人
性别	男 + 女	婚姻	未 + 已
年龄	10—81	住址	北京平谷区
症状情况	刘家村村民普遍相信刘洋有相人之术，通灵之法，最让村民津津乐道的是说他一碗符水能治百病，什么发烧感冒，什么胃疼心绞痛啊，只要一碗符水下肚，立马治好，有些大病隐疾也有奇特的疗效		
治疗结果	成功		

第一章

尽管现今已是地球村，人类已经登月，可是在一些偏僻的地方依然存在着这么一伙人，他们看相算命，为人指点迷津，他们请神问鬼，天上地下阴阳穿梭，他们就是神棍神婆，一群江湖骗子。

然而神奇的是他们装神弄鬼画的符水无一例外，有时候还真管用，治好了不少病人，你说奇怪不奇怪？我想，当你看完我讲的下面这个案例，就知道为什么他们的符水这么神奇了！

那年秋天比往年的秋天要稍微冷一些，有一天我正在办公室里玩游戏，突然张哥窜到我的身后，拍着我的肩膀说：“子瑜，”他第一次这么热情地叫我，温柔得令我直起鸡皮疙瘩，“你看，机会来了！你不是整天埋怨我，说跟着我大半年了，遇到的尽是一些小打小闹的心理障碍案例，现在有个大案子，我们要在数百名群众面前当场揭穿一系列灵异事件，怎么样，成名立万的机会来了吧，带劲吧！”

“啥情况？”我听得一脸蒙圈。

“前几天警方在京津交界处的刘家村破获了一起谋杀案，犯罪嫌疑人是当地一位有名气的神棍，平日里打着家有神灵护佑的旗号，骗了许多人，信徒众多。然而这名神棍在被捕的第三天在看守所畏罪自杀了，警方为了不让封建迷信残余死灰复燃，决定召开一次心理辅导大会，引导村民树立正确的世界观和人生观。”张哥笑了笑说，“这次筹备大会的责任人正好是咱们的老相好李达李警官，所以他就邀请了我。”

我“哦”了一声说：“原来是这样。不过话说，科学如此普及的现代，又是在京津交界处，按理说那村庄应该不会太落后，为什么还有那么多人相信神啊鬼啊什么的？”

“是啊，我当时也是这么想的，后来详细一问才知道这个神棍还挺不简单的。”张哥坐在了旁边的沙发上，对着我朝着桌上的空茶杯使了使眼色，然后说，“老李去接贺进了，正好还有些时间，哥哥我就给你先讲讲这件事，等下到了目的地，你也好帮我打下手。”

我心里暗骂了一句：打你大爷的下手，但手上可没敢闲着，会意地给他泡了一杯茶，端了上去，赔笑地说：“张哥，你先喝口茶，爽爽嘴。”

张哥呷了一口茶，然后说："那名神棍姓刘名洋，原是刘家村一名瓜农，靠种植麒麟瓜为生，不想二十年前，一个暴风雨后，他家的白墙上突然显现出两个人影，看上去极像八仙中的吕洞宾和何仙姑。刘家村出了神迹的消息传开了，村里流传刘家村人丁旺盛，必定是与这二仙有关，所以二仙出现之日也就成了刘家村每年的村庆日。而刘洋一下子变成了获授天启的通灵人士，开坛设法，治病救人，据说灵验无比，一时声名大噪，吸引了众多信徒。"

"我去，哪有什么吕洞宾、何仙姑？！"我冷哼一声，不屑地说，"哼，应该是这个刘洋在墙上做了什么手脚吧。"

"是的，刘洋事发后，警方从他家的白墙上挖出了两具尸体，一男一女，死因都是他杀，后来经过查证发现，死亡时间都是二十年前，而死者赫然是刘洋的父母！"

我倒抽了一口冷气说："刘洋的父母莫非是二十年前被他杀的？连自己的亲生父母也杀，这人也太丧心病狂了吧，简直是禽兽不如啊！"

张哥点了点头说："是啊，刘洋被抓捕归案后，很快交代了他的犯罪事实，二十多年前那个大雨的夜晚，刘洋因为琐事与父亲争吵，他失手将前来劝架的母亲打死，父亲欲报警，他又掐死了父亲。当时他家正在装修，为了毁尸灭迹，于是他将父母砌进了墙里，但是由于防水做得不好，不料没多久他父母的尸体就渗透过来，在墙壁上形成两个人影，他原先是用挂历等东西遮住的，有一天他的朋友发现了墙壁上的人影说像是八仙的吕洞宾和何仙姑。他从朋友的话中得到了灵感，将挂历去掉，然后将家中布置了一下，假装家中出了神迹，开始招揽信徒骗钱。”

“墙里藏尸？真亏他想得出来，这人真是太变态了。”我真不知道该说什么好了。

“嗯，他这一招还是挺厉害的，又经过一番神迹包装，就这么被瞒了二十多年，若不是因为另外一起杀人案，恐怕这墙里藏尸案还会继续被隐瞒下去。”

“我去，他还杀了其他人啊？”我微微一惊，但是很快释然地说，“不过也是，像他这种连自己的父母都敢杀的恶魔，身上再多背负一笔血债好像也不奇怪，他还杀了谁啊？”

“他同村一个叫孙猴子的人，这个人是惯偷，前几天偷到了刘洋家，无意中发现了墙壁里的尸体，吓坏了，正要逃，结果被刘洋逮了个正着。刘洋把他给杀了，想要把尸体拖到后山掩埋的时候，不想被其他村民看到，于是事发，紧接着警方在他家发现了他父母的尸体。事实清楚，容不得他多做狡辩，很快他交代了所有的犯罪事实……”

“哦，这样啊。”听完后，我问，“那咱们这次过去主要破除什么迷信行为啊？”

张哥又喝了一口茶说：“据老李说，这个刘家村村民普遍认为刘洋有相人之术，通灵之法，最让村民津津乐道的是说他一碗符水能治百病，什么发烧感冒，什么胃疼心绞痛啊，只要一碗符水下肚，立马治好，有些大病隐疾也有奇特的疗效。在众多现身说法的村民中，其中有一名村民说，他早些年得了一场大病，换了几家医院都是束手无策，后来实在没办法了，他的家人抱着死马当作活马医的心态找到了刘洋，结果奇迹发生了，几碗符水下肚，他的病居然好了。对村民的说辞老李他们都一一验证过了，基本认定属实，尤其是那个得大病的，老李他们还详查了医院档案，他当时得的是晚期胃癌，本来是活不过两个月的，但是他现在安然无恙地过去三年了……”

“我去，居然有这么奇的事？”闻言，我不由得大吃了一惊，忙问，“张哥，那老李他们可曾问过刘洋在他的符水里下了什么药不？”

张哥事无巨细地说：“呵呵，老李他们问了，但是没有问出个所以然来，只是问到村民找刘洋治病的一些基本情况。他们找到了刘洋后，跟他说明了自身情况，刘洋听了并没有多说什么，只是说他化一碗符水给他们喝喝试试，还说他这符水是太上老君羽化成仙时留下的神仙水，喝了后能治百病。完了后，刘洋就对着他供奉的神台烧了一些黄纸，然后倒了一碗白开水，点了三炷香，左手端着那碗水，右手执着那三炷香，嘴里一边念念有词，一边用那香做笔对着碗画符，期间香灰不时地掉入水中，如此这般好一会儿，他烧了一张黄纸丢入那碗水中，然后递给了村民，嘱咐他一口喝了，村民依他说的做，一口干下。村民都说那碗符水下肚后，身体就感觉有一股神秘的暖流从腹部开始往四肢蔓延，直到流通全身，他们觉得舒服极了，病情似乎有了好转，人也显得有精神了。之所以刘家村村民那么信刘洋，他的这手符水起到了关键作用。”

“我去，好玄乎啊。”我挠了挠后脑勺，眼巴巴地看着张哥问，“你都答应去参加心理辅导会啦，肯定是参透了那符水的奥秘了吧，快说说到底咋回事？！”

张哥嬉皮笑脸地说：“刚听老李说的时候，我也觉得刘洋这个神仙水挺邪乎的，百思不得其解，最近这几天一直都在想这个问题。昨天下班后，安翠芳的车正好限行，于是我捎带了她一程，在车上我们俩闲聊着，就聊到刘洋的神仙水上了，结果她一听笑了起来，说我是聪明一世糊涂一时，这么简单的事情都想不出来……然后她说了几个字，让我一下子茅塞顿开啦。来，考考你的智商，猜猜那几个字是什么？”

“我去，我哪猜得到，别卖关子了，安安跟你说了啥？”我最看不惯他这一招了。

第二章

就在这时候，李达带着贺进来了，一进门就冲着张哥喊：“小张，准备好了吗？我们要出发啦。”

张哥指着角落里的黑皮箱说：“早准备好了，昨天接到了你的电话后，我就着手准备这些东西啦。”

李达双手抱拳，笑着说：“辛苦，辛苦了啊，我这也是没办法，给刘家村村民做集体辅导上头是临时交代下来的，时间紧迫，心理专家，我就认识你们几个，不找你们，我也不知道找谁。那事不宜迟，咱们现在出发吧，从这里过去，车程得两个多小时呢，我们得下午三点钟的时候准时到达刘家村呢。”

“成，老李啊，你太客气了啊，你这是给我们拉活儿，我还得感谢你呢。”张哥说完后，扭头对我说，“子瑜，你将那个黑皮箱带上，咱们现在出发！”

刚刚听到一半，就被李达他们给搅和了。我走了过去拖起那个皮箱，惦记着说：“那刘洋的符水到底是咋回事啊？”

张哥一脸坏笑地说：“没看到老张都把老贺请过来了吗？难道你还想不到那符水中的奥秘吗？那玩意儿在我们心理咨询的时候曾经用到，老贺他们的临床医学里也会用到哦，开动你的大脑，好好想想！”

贺进看着张哥，无奈地摇头说：“你小子又在逗咱们子瑜了啊，你可真坏！”

说着他转头对着我说：“子瑜，其实刘洋那符水就是一些香灰和纸灰，其他的什么都没放。他不过是利用了‘安慰剂效应’心理让患者病情好转而已！”

“对对对！”我恍然大悟地说，“安慰剂效应！我去，我咋就没有想到呢。我的乖乖，真是越简单越是不容易想到啊。”

“是啊，当时我一听也觉得自己很白痴的，天天都在用，结果临到头却把它给忘了，哈哈哈……”张哥也忍不住自嘲起来。

说着，我们就出了咨询中心，上了李达的警车，不多时，就到达了刘家村。

那次的心理辅导会是在刘家村的祠堂里进行的，我们赶到的时候，偌大的祠堂里已经站满了村民，粗粗一数估计有二三百人，男女老少皆有，但以老少妇孺居多，他们交头接耳，叽叽喳喳，把祠堂变成了庙会。

心理辅导会在李达的主持下召开了，他先简单回顾了一下刘洋案，然后话锋一转说：“为了清除刘洋案的迷信遗毒，我们警方特别邀请了北京 ××× 心理咨询中心的专家张勋、欧阳子瑜和北京 ×× 医院的专家贺进与各位老乡们一道破解刘洋所谓的神迹。”

村民们一听，纷纷议论起来，多是对警方视刘洋为迷信而不服。张哥朗声说：“我知道各位老乡，对于警方将刘洋一事视为封建迷信很有意见，这点我非常理解，我想请教大家一个问题，你们为什么觉得刘洋不是江湖神棍呢？”

人群中有人高喊：“因为他真的有相人之术！我曾经找他算过运程，非常准，都被他说中了！”

他话一出，得到了一些人的附和。

张哥点点头说："嗯，他有相人之术，能算命。还有呢？"

人群中有人回答："他能请神问鬼，有一次我亲眼看到他召唤出鬼魂！"

这个回答同样也得到了不少人附和。

"嗯，他能请神问鬼。"张哥重复了一下，又问，"还有吗？"

人群中有人继续说："他的神仙水能治百病！"

这句话获得了更多村民的同感，他们纷纷出声证明。

张哥又重重地点了点头："他有能治百病的神仙水。还有吗？"

这次提问，没人反馈问题，但是有人冷哼一声问："难道这些还不够吗？"

张哥一笑说："够了。不过我想跟大家说的是，这三种本事我也能做到。"

人群顿时炸开锅了。

见状，张哥说："既然不信，那么现场我可以一一证实，首先是相人之术对吧，不知道在场哪位老乡愿意上来让我一试？"

一名中年妇女举手说："我愿意。"

张哥将她请上台来，首先问："你好，请问你叫什么名字？"

那名妇女说："你不是有相人之术吗？难道算不出我的名字吗？"

"像人名、出生日期、结婚日期这种的我算不出来，我想刘洋也算不出来吧。"张哥顿了一下说，"不过我可以看出你是什么样的人，你最近遇到的事情和未来你即将遇到的事情。”

“哦，我叫潘桂芳。”中年妇女说，“既然这样，那就麻烦看看我呗。”

“好的，请将你的右手摊开，我要先看看你的掌纹。”

中年妇女伸出了右手摊开在张哥眼前，张哥装模作样地说：“哇，潘大姐，你的掌纹很不错啊，生命线很长，事业线也不错，你的一生衣食无忧。”

潘桂芳面露喜色说：“你这点倒没说错，看过我掌纹的人都说我手相很好，会大富大贵，长命百岁，事业有成。”

“你是一个富有爱心和同情心的人，别人有时候可能会觉得你有些刻薄，说话难听了点，但其实你只是实话实说了而已。”

“嗯，还有呢？”

“最近你正被一件事困扰，这件事说大不大，说小也不小，但有可能会波及你和你丈夫的关系。”

“是吗？我想最后应该不会扯到他的层面上吧。”

“嗯，后代的事情确实会让你操心不少。”

“的确是这样子。”

张哥一笑说：“潘大姐，最近你是不是在为孩子的事情烦恼？”

“是是是，张专家你还真是准呢，我儿子最近正处于叛逆期，我说什么他都不听，前两天还和同学打了一架，真是太伤我的心了。”潘桂芳激动地说，“我都不知道该怎么教育他了。”

张哥指着潘桂芳的掌纹，宽慰地说："潘大姐，这个不要紧的，每个孩子都有叛逆期，这其实是代表他开始走向成熟，这说明他的独立意识和自我意识日益增强，渴望得到外界的认可和尊重，把他当成小大人来看待，有事多跟他商量，我想你孩子的问题很快就会迎刃而解了。"

"好的好的，张医生，我一定会好好引导孩子的。"潘桂芳重重地点着头。

张哥问："潘大姐，我说得还算准吧。"

"准，准，张专家，你还真是挺神的！"潘桂芳竖着大拇指连连夸奖。

潘桂芳下去后，人群开始议论起来了，看来张哥的鱼饵已经成功放下去了。

张哥换了一个舒服的姿势，看着众人问："各位还有谁想试试吗？"

一个老头瓮声瓮气地说："我来试试。"

张哥把他请上台后说："大叔想问啥？"

老头寒着脸说："你不是说能算吗？那你猜猜我想问啥？"

老头的提问够尖锐的，看来成心想让张哥下不来台，我不由得为他捏了一把汗。没想到张哥眯眼一笑说："那我得好好看看大叔您的手相了。从掌纹来看，大叔的没有刚才潘大姐的好，恐怕从小就有诸多变故吧，不过大叔您为人积极向上，心态又好，虽然日子苦了点，但苦中有乐，您过得还是挺满足的。”

老头脸上的表情稍微放松了一些，他说：“这倒是被你说中了。还有呢？”

“看大叔的掌纹，您最近有一笔财运。”

老头淡然地说：“是吗？”

“还有一桩霉事，如果处理不好，恐有血光之灾。”

老头不由得紧张起来，问：“啊，是吗？啥霉事啊？”

“从手相来看，好像是跟女人有关，当然男的概率更大。”

“那如何化解啊？”

“我觉得您应该离那人远一点。不再有联系或许是很好的办法。”

“我也想啊，可是……”老头欲言又止。

闻言，张哥一笑说：“大叔，我已经看出来了，您是想问我您跟那个女人有关的事情吧。”

老头脸色一变，说：“你你你……”

张哥得意地说：“其实是她一直纠缠您不放吧，您压根就没跟她好过，但大妈可不是这么想的！”

“是啊，我跟那女人真的啥都没有，可是我说什么我老伴就是不信，可愁死我了。”老头扭头看着一个五十出头的老太太说，“老伴，你都听见了啊，人家张专家都看出来了，这回你应该信我了吧。”

那老太太白了他一眼说：“谁叫你早不交代清楚，你活该！”

老头一听，紧绷绷的脸终于松下来了，开始有了笑意，他对着张哥佩服地说："张专家，你算得的确很准，我算是服你了！"

老头算完后，人群中议论声更多了，陆续又上来两名村民，全都被张哥说中了心事，至此，参加心理辅导会的刘家村村民基本上相信张哥确实拥有相人之术。张哥见时机已成熟，于是一本正经地说："坦白跟大家说吧，其实我压根就不会看手相，刚才都是我胡诌。"

众人闻言骚动起来。

第三章

"怎么可能呢?！"最先让张哥看手相的潘桂芳跳了出来说，"张专家，刚才你算我就算得很准啊，怎么可能是胡诌呢?"

"呵呵，潘大姐，我之所以能算准你，以及后来的诸位，只不过使用了一些谈话技巧和细心观察，伪装了自己有相人之术而已。"张哥进一步解释说，"比如说潘大姐吧，从你的衣装打扮，可以看出你的家庭条件很好；说你富有同情心和爱心，有时候不免有些刻薄，这句话其实放在谁身上都合适，因为是句夸奖的话，你心里很快就接受了；我说你最近被一件事困扰，这话同样放在任何人身上都是成立的，谁没有点心烦的事，接着我说你这件困扰的事有可能会波及你的丈夫，这是一句试探的话，我的潜台词是想知道这件事是不是跟你丈夫有关，你的回答说，应该不会波及，那么很显然你困扰的事应该不会跟丈夫有关；一个女人为事而烦，一般不是为了丈夫就是为了孩子，因此接下来我将你心烦的目标锁定了你的孩子，但又怕你其实还没有孩子，特别又问了一句后代的事情让你操心不少，你的回答让我确定了你有孩子，所以最终我锁定了你的困扰即是你的孩子！其实都是我一步一步引导你，借你的口问出了你的困扰，换句话来说，其实是你告诉了我你的困扰，而并非是我算出来的，看掌纹不过是个借口。”

潘桂芳听了，眉头微微有些皱地说：“听你这么一说，好像是这么一回事，但是好像又……”

“潘大姐，是不是觉得心里有些落差，好像这么一说事情就一点都不玄乎了。这其实跟魔术表演一样，看上去眼花缭乱，神奇得很，其实一旦揭开了谜底，你就会觉得一切索然无味。”张哥扭头看着刚上来看相的老头，接着说，“大叔的事情也一样，从您的衣装打扮来看，您的家庭条件并不是太好，您掌上的老茧显示您长期从事体力劳动，从这两点我推出您年轻的时候受过不少苦；您上来其实是找碴的，态度并不好，说话比较冲，我特意夸了一句说您心态好，好话谁都爱听，您的警戒心于是就松懈了不少，接下来我开始套您的话，我说您最近会有一笔财运，但是您的回答很淡然，似乎并不感兴趣，当我吓唬您会有血光之灾的时候，您神情紧张了，所以您最近摊上的事情，如果处理不好，恐怕难以收场；我继续套问您这件事好像跟女的有关，但又好像跟男的概率更大，这话的潜台词是想看你这事到底是跟男的还是跟女的有关，接着我让您跟那人保持距离，您说您也想，如果跟个男人保持距离，是不会直接说这句话的，在加上其实您来的时候，我就观察到您跟大妈有些闹别扭，这更让我确信了大叔的事跟女人有关！后来上台的那两位也是这样被我猜中的！”

众人开始悄悄私语起来。张哥严肃地说：“其实那些神棍神婆们也是利用了这个小伎俩，如果你是相信手相的，那么他们就会告诉你，你的掌纹可以看出一切；如果你是相信占星术的，那么他们就会告诉你，可以根据你的出生日期知晓你的过去和未来；如果你压根不相信任何超自然的话，那么他们就会让你看一张图或者让你写几个字，以此为基础，实施他们的诡计，营造出他们能够神奇地洞悉你的过去、现在和未来的假象。”

人群中有一高个男子说：“就算刘大师也利用了这个办法套出了我们的话，骗了我们，但是他能请神请鬼这事，可是我们亲眼所见，当时有很多人都看到了！”

张哥问那高个男子：“你能具体给我说说刘洋召唤出来的鬼魂模样吗？”

高个男子想了想说：“具体模样我说不好，只记得是个发着蓝光的人影。”

张哥说："这种'鬼魂'我也能召。"

"是吗？"高个男子上下打量着张哥说，"你可别吹牛，有本事你召一个出来试试！"

"这有何难！"张哥一副胸有成竹地说，"众所周知，鬼魂怕光，现在请大家帮忙先把灯给关了，然后待在原地别动。"

靠近开关的人把灯给关了，顿时整个祠堂一片黑暗，张哥嘴里念念有词："一请刘家村先人的灵，二请刘家村先人的魂，牛头马面在前开道，刘家村先人跟在后面，快上来啊，快上来！太上老君急急如律令！"

他话音刚落，黑暗中突然浮现了一个蓝幽幽的人头，先是上身，接着是下身，很快一个高大魁梧、闪着蓝光的人出现在半空，顿时全场轰动了，张哥连忙说："大家请不要说话，保持安静，别惊扰了先人。"

众人安静了下来，张哥问："你是刘家村哪位先人？"

蓝色的人影回答道："我是刘曹根。"

"啊，是大祖爷爷！"众人中有人失声叫道，接着一阵骚动，一大群人好像跪在了地上。

张哥说了一句"收"，这个蓝色的人影顿时消失了，接着大喝一声："继续再请刘家村先人上来！太上老君急急如律令！"

台中央慢慢从地上升起来一个拄着拐杖的蓝色人影，张哥问："你是何人？"

拄着拐杖的蓝色人影回答道："我是刘天赐。"

众人中又有人说："是二祖爷爷。"人群再次骚动起来。

"收。"张哥说完之后，拄着拐杖的蓝色人影顿时消失了。

"好了，大家把灯打开吧。"张哥紧接着又说。

啪啪啪三声，灯亮了。大厅里众人跪了一地，这时都从地上站了起来，议论纷纷。

张哥对着先前那名高个男子说："我召唤出的这两个'鬼魂'跟刘洋召唤出来的像不像？"

"像像……"高个男子有些磕巴地说，"那……两个'鬼魂'……到底是真……是假啊？"

"自然是假的，那两个蓝色的人影不过是我的徒弟假扮的。欧阳你出来吧。"张哥冲着偏厅喊我。

我穿着一身黑色的连衣裤笑着走了出来，众人不明所以地看着我。

"我这徒弟身上涂满了磷粉，只要灯一关，他身上就会发光。"张哥解释说，"不信的话，请关一下灯。"

灯一关，我立马脱下了黑色连衣裤，一个蓝幽幽的人影就这么出现了，随即我佝偻着身子，又摸出了一根同样涂满了磷粉的拐杖拄着，瞬间变成了一个拄拐老人的蓝色人影。众人见了，不由得又骚动起来。

我穿上黑色连衣裤后，张哥叫人亮了灯泡，接着他说："现在大家知道了吧。”

众人面面相觑，出奇地沉默了下来。

第四章

如此好一会儿人群中有人说：“张专家，难道刘洋的神仙水也……是骗局不成？可是我们那么多人喝了他那神仙水之后都好了啊，包括我自己！”

人群顿时纷纷附和：

“对对对，我的病也好了。”

“是的，那神仙水真的非常有效，我去找他的时候还肚子疼得要死，喝了之后，当场就好了很多，回到家里的时候，我就完全好了……”

“就是。我的心脏病也是喝了神仙水好的！”

……

张哥对着贺进笑了一下，做了个请的动作，示意他出马了。

贺进干咳了一声，面对众人说：“关于这个问题，我想我可以回答。我是北京 ×× 医院的主任贺进，关于刘洋的神仙水，警方跟我说过，其实它这个也没有大家想象中那么玄乎，不过是利用了临床医学里一种名为‘安慰剂效应’的治疗手段。简单来说，就是患者有时候服用了一些对他的病情不会有用的药物，但是基于他对医院的信任，对医生的信任，也期望服用了药物后自己的病情能尽快好起来，他的病情最后果真得到了显著的改善。这么说是不是显得医院很无良，好像是在给大家开假药吃，其实不是这样的，之所以开安慰剂药，有时候是为了减轻大家的经济负担，利用国产药代替了进口药，有时候是不忍心让患者绝望，大家也都知道，医院不是万能的，医生也不是神，什么病都能治好，一般来说患者吃了这些安慰药后都会有意想不到的效果，尤其是患有慢性疼痛，抑郁，某些心脏疾病，胃溃疡，或某些胃炎，以及很多功能性疾病的病人，当然也不排除有些医生是因为被病人频繁来访却苦无良策所以给予安慰剂的。”

众人听了一片哗然。

“贺专家说得比较专业化，我就拿我们几个做比喻举个例子，我和贺医生，还有欧阳专家一直住在城里，很少来到乡下，可是今天我们来到咱们刘家村，一看这里又是山的，又是水的，天那么蓝，空气那么清新，都觉得非常兴奋。我们到处溜达，陶醉在山水之间，玩了一上午，我们都有点渴了，我跟他们二人说我去打壶泉水来喝，其实人没走几步，就掉头偷偷回到车里，将我出发前从家里带来的自来水装进壶里，然后拿给他们二人喝，结果二人都盛赞咱们刘家村里的水就是甜，城里的水哪比得上。”张哥话锋一转，继续说，“刘洋的神仙水道理其实跟这个一样，你们在去找他之前，都听闻过他神仙水的神奇，很多病人喝了之后病都好了，所以你们对他深信不疑，当你们本人喝了那神仙水后，很自然地认为自己的病也会好起来，于是就产生了安慰剂效应，致使你们的病情开始好转起来。不过我要在这里郑重说明，使用安慰剂效应是有一套很严谨的规程，有些病情是能得到一定程度的缓解，但是倘若久拖不治，容易延误病情，造成不良后果。所以生病了，最好的选择是去医院，接受医生的正规治疗！”

在贺进专业的阐述和张哥通俗易懂的解释下，再加上张哥讲事实摆道理，揭穿了刘洋的相人之术和请神问鬼之法，刘家村村民的心理防线终于崩溃了。

他们议论纷纷，讨论的不再是刘洋如何厉害，说得最多的是——“原来是这样，看来我们都上当受骗了。”“刘洋的神仙水也不是所有病都治好了，我妈的病当时是有所好转，不过最后还不是没有扛过去吗？”“我现在想来真的有些后怕，以前我真蠢啊，居然那么相信刘洋啊！”……

事情发展到这里，很显然我们的这次心理辅导会获得了成功。我们三人相视一笑，有种如释重负的感觉。张哥朝一旁的李达使了个眼色，李达会意，宣布辅导会就此结束，在村民热烈的掌声中，我们离开了刘家村。

NO. 08

男子的左手拥有自己的意识

案例编号：120100330

姓名	江涛	职业	公司高管
性别	男	婚姻	已婚
年龄	36	住址	北京石景山区
症状情况	体检中他无意中被查出脑里有一颗良性肿瘤，没想到手术后，他的左手竟然有了自己的意识，开始自行其是		
治疗结果	成功		

第一章

一些惊悚电影中经常会有这样的桥段：主角的手脚不听使唤，像有了自己的意识一样，绕开主角大脑的控制，自行其是、为所欲为。这样的情况，其实在现实生活中是存在的，现在我就给大家说一说那年秋天我和张哥遇到的那桩奇特案例。

记得那天，我早早来到中心，把办公室里里外外打扫了一遍，然后从电脑里将我的“转正申请书”打印好。不知不觉在张哥手下当助手已经满一年了，虽然张哥老是没事戏弄我，但是坦白来说，他对我还是不错的，在他手下收获良多。

然而不想当将军的兵不是好兵，既然有机会成为正儿八经的心理咨询师，哪怕暂时还只是个见习的，所以早几天之前我就开始写转正申请书，其他流程都搞定了，就差张哥大笔一挥，签个名即可。

十点钟过后，张哥才姗姗来到办公室，我立马把温好的牛奶和白色恋人饼干一起端上，满脸微笑地说："张哥，早早早，还没有吃早餐吧，这是给你准备的。"

张哥上下看了我两眼，又环顾了一下四周，咧嘴一笑："哟哟哟，太阳打西边出来啦，不仅卫生搞得这么干净，还给我准备了早餐，正所谓'无事献殷勤，非奸即盗'，这是有事要求我的节奏啊。"说完，拿起一块饼干吃了起来。

这个老奸巨猾，他这话明摆着是想要公开索贿，我也不忙点破，赔笑说："呵呵，是有一桩小事需要张哥帮帮忙。"说着，我将转正申请书递了上去，指着需要他签名的地方，恭敬地说，"万事俱备，就缺你一个签名。签了这个字，晚上金钱豹如何？"

"我说今天为什么好吃好喝供着，原来是想要转正啊。"张哥瞟了一眼我的转正申请书后，脸带奸笑地说，"哥不予通过。"

"我去，为啥啊？"听他这么一说，我一下子火了，"我哪点做得不好啊，这一年来，鞍前马后地伺候着你，工作上勤勤恳恳地按照你的旨意在做，你要我加班我哪次拒绝过了，生活上我也像你家管家似的，不但水电燃气费帮你交，衣服裤子也帮你洗！还有啊，我刚刚买的苹果 4 手机，你就借过去用了，说好是一个月，结果借用了三个月。我做得还不够好吗？"

"记得还蛮清楚嘛，你这是要做清算吗？"张哥眯着眼睛看着我，嘴角一扬，谜一样地一笑说，"信不信我再让你实习一年呢？！"

“张哥，我不是这个意思。”我顿时认尿了，继续赔笑说，“我的意思是说，我这一年来做得还算不错嘛，你让我转正后锻炼锻炼嘛，我就想试试自己的本事，看看能不能吃下这碗饭，你给个机会嘛。”

“这么说我就明白了。你过来给我捏捏肩，说不定我一高兴就帮你把字给签啦。”张哥指了指自己的肩说。

“得令！”我满口答应了，走到张哥的身后给他捏肩，心里其实一千只羊驼走过。

正捏着，这时候，负责预约排号的美女阿怡领着一个中年男子走了进来，我怕他们误会，连忙改捏为摸，假装在张哥肩上摸了摸，又拍了拍，朗声说道：“张哥，你肩上没啥大事，就是左肩上长了个瘤子，是个粉瘤，良性的，不摸它不碰它，就没事，要是觉得身上起个疙瘩不爽，改天去医院做个小手术即可。”

阿怡意味深长地看了我一眼，然后把我们和中年男子相互介绍一番之后就出去了。

这名男子就是江涛，我收拾了一下张哥的桌子，然后泡了一杯茶给他，他接过冲我一笑。他长得蛮有男人味的，眉骨硬朗，鼻子坚挺，整张脸棱角分明，只是神情有些紧张，自从进门以来，他的左手就一直紧紧地握着拳头。

张哥见江涛坐定后，开口问：“你好，不知道哪里可以帮到你？”

“我这只手有点儿问题，想请你帮我看看。”江涛举起他的左手，微微松开了拳头，似乎意识到什么，很快又补充道，“我所说的问题并不是说它有什么残疾，指的是它有点儿不听话。”

不听话？一听我就有些发蒙，我仔细看了看他的左手，手掌不大，手指很细，也很白，看上去有点像女人的手。手都是遵照大脑的指令行事的，它既没骨折又未畸形，怎么可能会不听使唤？！莫非是得了帕金森？但是看上去也不像呀！

张哥似乎也觉得奇怪，眉头微皱，追问道：“不听话？你说的是它不听使唤吗？”

“是是是，就是这个意思。”

“它怎么不听使唤了？你能仔细说说吗？”

“嗯，就是比如我费尽心思花费了一两天工夫方才完成的案子，洋洋洒洒数千言，本想再润色一遍就交差了，结果端起桌子上的咖啡喝了那么一口，再回头继续干活的时候，word 里就什么都没有了，像是根本不存在似的；又比如刚刚点燃一根烟，吸了两三口了，再吸的时候，不知道啥时候火被掐灭了；再比如正在说话，突然间左手端来一杯水，直往嘴里灌，呛得我鼻子、嘴巴都是水……”正说着，江涛端着茶杯似乎想喝，但脸上表情却是一惊，他盯着茶杯，用力拉回左手，差点把茶叶给荡了出来。他赶紧放下茶杯，紧握拳头，微微有些尴尬地说，“你看就是这样，其实我刚才并不想喝茶，但左手像是有自己的意识似的，它主动端上来的……”

听他这话，我暗暗吃惊，不由得又多看了他左手几眼，脑子里飞快地搜索着跟这种症状对应的心理疾病，但是想了半天好像都没有对得上号的。

张哥摸着下巴问："这样的情况已经多久了？"

"已经有三四个月了。确定手有问题的时候，也不怕你笑话，我曾想过是不是邪魔附身了？当时还想请个大师驱驱魔呢！"江涛不好意思地笑了笑，接着说，"后来理性占了上风，我去了医院检查，医生说我的手并没有毛病，估计是因为之前动手术的时候，不小心伤到了左手神经。哦，对不起，我忘记跟你说了，我的脑袋曾经开过刀……"

第二章

江涛说，四个月前他们公司组织了员工体检。体检报告出来后，吓了他一大跳，报告里特别备注他的脑袋里疑似有一颗肿瘤，于是他去了医院复查，脑肿瘤确实是真，万幸的是，肿瘤是良性的，医生很快安排了手术，将他的脑瘤切除了。

他本以为从此可以过上幸福的小日子，前不久他刚刚升职成为公司部门总监，相恋多年的女友也终于答应了他的求婚，此时的他可谓是正值春风得意之时，谁知道，手术后，他的左手自己有了意识，开始自行其是。

一开始他的左手只是时不时地出来捣乱一下，后来慢慢地开始变本加厉。

有一次，他们部门开例会，身边的女同事小李，突然一脸通红，想说又不敢说，不停地挪动着身体，像身上有虱子一样。旁边的同事不时地交头接耳，有的男同事还发出阵阵淫笑。

他觉得惊诧无比，然后定睛一看，发现自己的左手赫然放在小李的胸上，吓得他像触电般缩了回来，忙向小李道歉。

公司瞬间传出他跟小李有一腿的消息，害得人家小李差点辞职不干。老板找他谈心，让他不要在办公室里搞恋爱，就算搞也要避避嫌，别这么光明正大、众目睽睽地搞。

他忙解释说是误会，但是压根不管用，老板拍着他的肩头，笑着说："我晓得，小李长得那么漂亮，要是我年轻十岁，一样会垂涎的！"说的时候，老板一直乐个不停。

经过这事，联想到以前的种种，江涛意识到可能是自己的左手出问题了。他盯着自己的左手，反复地端详，看了半天，啥问题也没有看出来——依然是那么的白皙、那么的顺滑，比女人的手还女人，他常常在女朋友面前自诩自己的手堪称完美，是"一双弹钢琴的手"，可是为什么最近怪怪的呢？莫非是鬼上身了？

想到那些恐怖电影里演的鬼上身情节，他不由得打了个寒战，不过理智很快告诉他，这是不可能的，先静观其变吧。他要女友和同事帮忙看着他一点，一旦他有奇怪的举止，马上提醒他。

没过多久，他的情况进一步恶化了，他的左手原先是趁他不注意的时候，偷偷搞点小动作：

将他的手机藏起来、删除他的文案、摸女友的屁股、打翻茶杯……这些相对比较温柔的举动，慢慢地，左手开始越发明显起来，比如直接跟右手干起来，穿衣服的时候，右手刚刚将衣扣扣上，左手又一个一个地将扣子解掉，用右手接电话的时候，左手就出手制止，两只手几乎要打起来。

还有就是无端攻击江涛，突然不知何故，左手就会一个巴掌扇了过来，要不就是掐住他的脖子，晚上睡觉的时候，还时不时地将他弄醒。

更要命的是，有一次，江涛做了一个噩梦被惊醒，当时周围黑漆漆一片，他感到有一只手正紧紧地箍着自己的脖子，试图勒死自己，自己正竭力用右手将那只手拉开，当他不断努力挣扎时，才发现那只攻击他的手其实是自己的左手。

他真是对他这只左手又气又恨，但它毕竟是自己的手呀，总不能直接剁了它吧，后来他想了个招，将左手绑了起来，如此倒也风平浪静了一阵子。一个多月后，他寻思着左手绑了这么久了，应该会老实了吧，于是解开了绳索，结果第二天就出大事了。

次日，江涛外出办事，路上太堵，中途改乘了地铁，他挎着文件包，右手拉着扶手，一路上看着沿途的风景。

突然间，旁边一老太太训斥他："看你丫那操行，长得像个人，干的事畜生都不如，不要脸的玩意儿！"他一愣，尚不知道情况，正欲询问情况的时候，无意间，看到自己的左手正在把玩着下体——他当场恨不得找个地洞钻进去。

经过这件事后，他知道这么拖下去后面不知道还要出啥大事，连忙去了医院，医院一听他这情况，给他做了一个深度检查，没发现左手有啥毛病，又一问，以前动过脑手术，猜测他应该是手术中误伤了左手神经，他们没办法治疗，建议他到心理咨询中心看看。江涛听闻我们中心比较权威，于是找上了门。

第三章

江涛在说的过程中，他的左手也曾捣乱过数次，有一次是突然抠起了鼻屎，有一次是把茶杯打翻在地，更夸张的是有一次突然给了他脑袋一拳，看来他这只左手可真没少给他添乱。

听完他的讲述后，张哥眉宇间难得地出现了一丝难色，跟了他一年多了，我还是第一次见他这样。

他跟江涛说："你得的是一种叫作'异己手综合征'的怪异神经系统疾病，你在做脑肿瘤手术时，医生估计无意中伤到了你左右大脑半球之间负责联系的'胼胝体'，以致左手脱离了大脑的掌控，目前针对此病症还没有很好的治疗方法。”

“难道真的一点办法都没有吗？”江涛失落地瘫坐在沙发上。

“治好的办法确实没有，但缓解这种症状倒是有些小法子。”

“什么法子？！”江涛像打了鸡血似的满怀期望地看着张哥。

张哥说：“我建议你给左手配个拐杖，让它有点事做，这样它就不会乱出来惹事，另外学习做一些动作可能促进大脑受损的部位重构，比如说用你的两条腿把左手夹住，或者没事的时候右手多拍打拍打你的左手、晚上闲得无聊的时候也可以用温水浸泡它，另外让你的左手多触摸一些有质感的东西，这些小动作会在一定程度上恢复大脑对它的控制权。”

“好的！”江涛感激地说，“谢谢你啊，张医生。”

“客气客气，不好意思，没有帮上忙。”

“你已经帮我不少了。没事的话，那我先走了，回去后我会好好试试看，后续有什么情况我随时向你汇报。”说完，江涛起身告辞了。

他走了之后，我干咳了一声跟张哥说：“咳，这病症还挺玄乎的嘛，我之前从未听说过呢。”

“你小子没听说过的病症多了去了。”张哥又恢复了流氓本色，斜了我一眼说。

我尴尬一笑，搔着后脑勺说：“是啊，呵呵，突然有些胆怯了。”

“胆怯啥？我知道了，你是担心转成见习心理咨询师遇到一些奇怪的病症，自己解决不了是不是？哈哈哈……”张哥看着我，讪笑起来。

“可不是嘛，张哥你都有解决不了的病症，我算老几啊。要不，我不转正见习了，继续跟着张哥吧。”说着要从张哥桌上拿回我的转正申请书。

“不行！”张哥比我抢先一步拿到了我的转正申请书，大笔一挥签上了自己的大名，然后将转正申请书甩给我说，“大爷我改变主意了，决定让你转正见习心理咨询师，嗯哼，我倒是要看看你离开我后，能做点啥名堂出来。小子，我等着看你出丑吧！”

“哈哈哈……我就知道这个法子管用，张哥你上钩啦！谢谢啊谢谢！”我如获至宝地接过来，笑着说，“有什么出丑不出丑的，我们是心理咨询师，又不是神，什么病症都能手到病除，能治的就治，不能治的，老实跟人家说就好了，又不是什么丢人的事。”

“我去，你小子有种！”张哥气得哇哇叫，“你牛，下次有问题别找我啊！”

“别啊，以后肯定少不了要请张哥你帮忙啦。对不起啦，刚才是我的错，向你道歉！”我忙一边说，一边鞠着躬，“张哥最好啦，张哥最帅啦，张哥天下第一美男，我永远都是你的徒弟！”

“去去去，马屁精，我不吃你这一套，道歉要有诚意，你这算啥？”张哥笑骂道。

“晚上金钱豹走起，够意思了吧。”

“外加一个月早餐。知道你小子手艺不错，要你亲手做的，并且一个月不许重样两次，条件就这么多，如果你再讨价还价，你信不信我抢回你的转正申请书撕了。”张哥做出要抢我的转正申请书的动作。

我忙后退身子，将转正申请书揣进口袋里，点头如捣蒜，嘴里满口答应道：“中中中！”张哥这无赖向来是敢说敢做，我可不敢再得罪他。

就这样，一顿丰盛的金钱豹，外加一个月的早餐，我换到了见习心理咨询师的转正申请书。从那之后起，我便开始了我的独立心理咨询，不过遇到自己解决不了的问题，我还是会拉上张哥帮我助阵。

关于江涛的“异己手综合征”后续情况，一次跟张哥吃饭的时候得知，几个月后，他的左手收敛了不少，出现糗事的概率也大大降低了，不过依然无法完全控制它，但他已经很满意，非常感激张哥，特意包了一个大红包给张哥，但是张哥没要。

NO. 09

男子认为家人都是冒牌货

案例编号：120110620

姓名	汪宪知	职业	公司高管
性别	男	婚姻	已婚
年龄	35	住址	北京东城区
症状情况	如果时间可以倒流，他真恨不得在那场车祸中死去，这样的话杀妻弑母的惨剧就不会发生了		
治疗结果	失败		

第一章

在心理学上有一种奇特的精神分裂症症状，患这种病症的人会认为，自己的爱人被一个具有同样外貌特征的人取代了。患者不光是认为爱人被取代，严重者会认为身边所有人都是虚有其表的陌生人，甚至都不记得自己的家到底是什么样子。

病人经常会在自己家里会见心理医生之后，起身就走，说是要回家去，把心理医生吓一跳。还有的病人干脆会觉得自己都不是原来的那个自己，而是外星人做的克隆人。怎么样？很科幻吧，我的一个叫汪宪知的病人就患有此病症，并且差一点将我干掉！

记得那时是我刚刚转正见习心理咨询师不久，虽然只是个见习，但是拥有自己单独的办公室，不用再听由张哥任意摆布，心里自然倍儿爽。

有一天，我正在办公室里归档最近来客的病例，突然手机响了，我拿起来一看，是汪宪知打来的电话，于是顺手接了起来："你好啊，汪先生，最近怎么样？"

本以为那边会传来汪宪知那磁性的声音，结果却听到了李达的声音，他在那边问我："是子瑜吗？"

"是我，老李怎么啦？"

"你是不是有个叫汪宪知的病人啊？"

一听他的名字我心头一紧，连问："是的，他怎么了？"

"他涉嫌谋杀他母亲和他的妻儿，我们在他身上发现了你的名片，你过来一趟吧。"

"好好，我马上过去。"

听闻了这个消息，我有点愣住了，汪宪知不是已经好很多了吗，怎么会出现如此惨剧？我的大脑顿时像爆炸了似的，嗡嗡嗡直叫。

好一会儿我才回过神来，发现我手里还拿着手机贴在耳边，其实那边电话早已挂断多时。我收好手机，拿上我的外套，出了办公室的门，走到大门口的时候，我突然想起这事是不是叫上张哥会更好些，于是又返了回来，直奔张哥办公室去了。

张哥正在电脑前玩游戏，见我进来，抬了一下头，瞟了我一眼问："啥风把我们的欧阳大心理咨询师吹到我这旮旯里来了？"说完，又低头继续玩游戏。

我着急地说："别瞎掰了，快带我去派出所，刚刚李达警察来电话说我的一个病人杀了自己的母亲和妻儿。"

"啊？！有这等事？！"张哥吓了一大跳，丢下游戏，站了起来，拿起他的包，一边走，一边问，"是不是那个叫汪宪知的病人啊？"

"是的，就是他！我的妈呀，上次我就应该听从你的建议，劝说他的家属早点送他去精神病院好了！都怪我，好大喜功，这下出大娄子了！"这时的我悔得肠子都青了。

"老李还说了其他的没有？"

"没有了，就是叫我过去一趟，估计是了解情况吧。"

"你是汪宪知的心理医生，出了这么大的事，警察叫你过去了解情况也是属于正常现象。别在这儿埋怨这埋怨那了，事已至此，说啥都没用，先去派出所看看情况再说。"

说话间，我们已经来到张哥的车前，上车后，张哥快速开往派出所。

在车上，我脑子里不由得浮现了汪宪知第一次来我们咨询中心的情形。

记得那天，我正在办公室里写材料，突然听到外面吵吵闹闹的，于是好奇地走了出去，出来后就看到中心门口一男一女正在纠缠着，负责接待排号的阿怡则在一边劝说。

那二人都是三十出头的模样，男的长得帅气，一米八的个子，留着两撇小胡子，看上去一表人才。女的也长得很漂亮，下巴很尖，眼睛很大，留着一头长发，气质极佳，她的肚子微微有些凸起，看起来应该怀孕有四五个月了。

二人不知道为了什么，男的嘴里嘟嘟囔囔地说："我压根就不认识你，你为什么要带我来这里？你究竟有何目的？早说了，我不是你老公，你也不是我老婆，为什么你就不信呢？！"

女的柔声细语地在宽慰："我真是你老婆，出门的时候，刚刚不是给你看过咱们的结婚证的照片了吗！因为你病了，你已经记不起我了，所以带你来这里看看医生。"

阿怡见到我出来了，对着我说："子瑜，你过来帮我劝劝他们俩。"

我走了过去，问道："怎么回事啊？"

阿怡说："具体的我也不清楚，这位女士说是来看精神方面的心理医生，我正在帮她看你和张医生谁有空呢，结果他们二人就吵起来了。他们二人看起来应该是夫妻俩，但是这位先生却不认，二人就这么拧巴上了。"

"哦，这样啊，我知道了，你忙你的去吧，他们二人就让我来接待吧。"既然是来看精神科的，那么不是我就是张哥，最近正好无事，我决定自己接下来这个活儿。

"嗯，那好。"阿怡说完便走开了。

我见那二人还在拧巴着，于是开口说道："二位都先消消气，进门就是客，看情况这一时半会儿你们也争不完，不如到我的办公室里好好聊聊，我来做中间人给你们评评理如何？"

他们二人没意见，于是被我半哄半拉地请进了我的办公室。

在进门时，我看到张哥正从办公室里探出头来看呢，知道他肯定也是听到吵闹声出来探听情况。我冲他打了个“OK”的手势，就没再多搭理他，张哥甩给我一个白眼，关上了门，我摇头笑了笑，也进屋了。

我招待二人坐下后，给每人都倒了一杯茶，然后问：“不知道你们在吵啥呢，能否详细说给我听听，我来评评理？”

“你是心理医生对吧。”那女的看了一眼我的胸牌，哦了一声，“原来是欧阳医生，对不起，忘了自我介绍了，我叫毕桂华，他是我老公汪宪知……”

那男的听了这话，立马摆手说：“美女，我是叫汪宪知，但是我已经跟你说过一百遍了，我不是你老公，你咋就这么不识趣呢。你真的认错人了！”

“我就是你老婆，你看这是咱们俩结婚证书的照片，你来看看。”毕桂华拿出手机点了点，递给汪宪知看，然后又跟我说，“欧阳医生，你也过来帮忙看看，你说这结婚证书上的人是不是他！”

我走过去一看，手机里显示着他俩的结婚证书，一旁二人的照片笑得都很灿烂，那时候的汪宪知嘴唇没有像这时的他留着两撇小胡子，显得更英姿飒爽。

我很肯定地说：“嗯，照片上确实是你们俩。”

然而汪宪知却说：“那是一个长相、体态都和我相似的人，但和我不是同一个人。”

我一听不敢置信，又打量了照片上那个男人几眼，两人长得一模一样，难道是双胞胎？我正想问，毕桂华已经抢先说：“欧阳医生，别听他瞎说，我和他结婚都三年了，他是谁我还不知道吗。是这样子的，我老公最近不知道得了什么病，记忆越来越差了，原先还只是忘记一些身边的小事，比如，忘记带手机，忘记自己住哪儿了，忘记打电话给客户，后来慢慢地竟然将我都给忘记了，现在严重得连他自己都忘记了。我带着他去医院看过，检查后没发现有啥毛病，医生怀疑是不是心理出了问题，建议我们去看看心理医生。”

汪宪知反驳说：“谁说我不认识自己了，我就是我，只不过对自己的身份和你存有怀疑而已。”

“欧阳医生，你听听，什么叫对自己的身份存有怀疑？这难道不是连自己都不认识了吗？”毕桂华对着我说。

的确，汪宪知这话说得很奇怪，我问他：“那你觉得你自己是谁呢？”

汪宪知很认真地想了想说：“这个，说实在的我不大清楚，他们都叫我汪宪知，可是我对这个名字感到很陌生。”

“‘他们’都是谁？”

“他们自称是我的妈妈、我的同事和我的朋友。”

“你刚刚说了‘自称’二字，莫非是对他们的身份抱有怀疑？”

“嗯，我觉得他们是其他人假扮的，是一些跟我妈妈、同事和朋友长得一模一样的人假扮的。”

“为什么你会这么想呢？他们假扮你的妈妈、你的同事、你的朋友有什么好处？”

“目前我也不清楚，但是他们肯定别有目的……”

第二章

听他这么一说，看来这个汪宪知确实是有点儿问题，我细细追问了二人更多的细节，从二人口中，我基本上勾勒出汪宪知的情况：

汪宪知是某金融公司一名高管，在北京有车有房，妻子毕桂华是一银行大客户经理，两人都是高学历、高智商、高收入，夫妻之间和和睦睦，结婚三年从未拌过一次嘴，红过一次脸。前不久毕桂华刚刚怀上孕，汪宪知之母李素玉，听闻了这个消息，本来一直不愿意进城的她毅然赶了过来照料，终于圆了汪宪知尽孝的梦，人生如此夫复何求？

然而谁也不能料到，一场车祸让这么一个美满的家庭，慢慢地出现了不协调的音符。六个月前，汪宪知因为车祸重度昏迷，经医院多方抢救，他醒了过来，不久后出了院，然而他的记忆开始慢慢变差。

据他说，每天早晨起床，都觉得周围的环境很陌生。“感觉自己应该在这个地方住了有一段时间了，但又觉得周围的东西都不熟悉。”

在公司也一样，曾经有断片的情况，有两三次他还因为记忆问题差点弄砸了公司的业务，好在事后及时挽回，方才没有造成损失，因此，他觉得自己的记忆力越来越差了。

没过多久，更要命的事情发生了，他开始觉得身边的人也越来越陌生。很快渐渐地将妻子忘记了，他和母亲及妻子虽然一起生活，但他一直把妻子当成陌生人。

妻子回到家中，母亲去给她开门，汪宪知就觉得母亲很莫名其妙，不仅让陌生人进家门，还让陌生人在家中自由活动，吃饭、睡觉、拿钱都很自由，为此，他也和母亲提过，但似乎他的话没得到重视。并且，他也觉得母亲是被人“换”过的，“是一个长得和她很像的人在冒充她”。

因为觉得自己的处境不是很安全，在家的时候，他都是躲在自己的房间里，把房门锁得紧紧的。更糟糕的是，到了后来，病症越来越严重，他甚至连自己都不认识了。看着自己身份证上的照片，汪宪知硬是说照片上的那个人不是自己。

汪宪知还说，他知道自己挺大的了，应该已经结婚了，但老婆可能住在附近什么地方，或者发生了什么事。他压根就没把家里的“陌生人”和妻子“联系”起来。

虽然汪宪知的病症有些特殊，不过这种病例我之前在课本上学到过，这是一种名为“冒充者综合征”的精神分裂症，又叫卡普格拉安想症，命名出自第一个介绍这种心理疾病的法国心理医师。患有这种病的人会认为，自己的爱人被一个具有同样外貌特征的人取代了。

我干咳了一声，清了清嗓子说：“基本情况我已经知晓了。汪先生，我非常理解你现在的处境，身边的人和物都被人替换的感觉，实在是让人惶惶不可终日，可是有一点，你有没有想过，这一切很可能是你的错觉呢，你曾经车祸受过伤，脑子里的瘀血可能未完全排尽，压着你的神经，以至于影响了你的感觉。”

“当初的时候，他们也是这么认为的，带我去了好几家医院检查过，但是所有的结果显示我的脑子里并没有瘀血，我的脑子是好的。”汪宪知回答道。

“如果没有瘀血，也很有可能是车祸让你大脑的神经受到了一定程度的损伤。”我顿了一下说，“我想请问一下，你看到你母亲的时候，是不是马上认出了她的脸？”

“是的，但是看着她的脸，我却没有产生半点温情的感觉，也感受不到昔日的亲切感。”

“于是你就形成了一个信念——这个人肯定不是我母亲，而是一个冒充者，虽然她看上去跟你母亲长得一模一样，而且还知道你们母子很多私事。但你觉得这些应该都是冒充者为了骗取自己的信任，故意打探各种关于母亲的事情，以达到冒充的目的。”

“你说得很对，就是这样。”汪宪知点点头。

“这就对了，当我们看到一张熟悉的脸并认出是谁时，位于大脑颞叶的视觉神经通路被激活，同时被激活的还有另外一条可能通向大脑‘杏仁核’的线路，引起了对这张脸的情绪反应。如果两条线路畅通的话，那么这张脸和关于这张脸的情绪立马出现了，如果脸部视觉识别区域与情感反应区域之间的神经联系中断的话，就会造成熟悉的‘陌生人’。”

听我这么一说，汪宪知陷入了深思，嘴里喃喃自语道：“难道真是我脑子出现了毛病？”

“另外退一万步来说吧，你只是个普通人而已，如果别人要害你，用得着这么大费周章，又是假冒你母亲，又是假冒你老婆，还假冒你朋友？”

“你说得不无道理。”汪宪知的心理防线开始崩溃，他满怀希望地看着我问，“欧阳医生，那有啥办法可以把我治好吗？”

“心病还得心药医，首先你要端正自己的态度，不要瞎想，多感受感受身边人对你的好；其次的话，我会开一些药物，你按疗程服用，这有助于你找回感觉。”说完这些，我对着毕桂华继续说，“这第三点主要是对你和汪先生其他家人的，其实汪先生认为你们是假冒的，他的心情也不好受，想想吧，自己的亲人一个个都是假冒的，并且还不怀好意，他内心是多么孤单害怕，身心俱疲，你们对于他的情况，认同或者反对他‘冒充’的想法都是不恰当的，而是应该接纳他，同情他的感受，多跟他说说以前你们之间发生的一些浪漫的、重大的、值得回忆的事情，以便唤起他曾经的感受，如果他有一些莫名其妙的想法，你可以通过事实验证他的想法符不符合现实，然后重构他的信念。”

毕桂华重重地点了点头，连声说好。

“那成，我这里给你们开一个月的药，你们照药单的说明书服用即可。”我开了一些安神镇定的药物，列了一个药单交给了毕桂华，然后嘱咐道，“你拿着这个药单找刚刚门口接待你的那位女士，一个月后，你带着汪先生再过来一趟看看。”

“好的。”毕桂华接过药单，带着汪宪知出去了。

一个月后，毕桂华带着汪宪知又来了，汪宪知的情况好了很多，我于是没多想又按照原药单给他们开了一些药，就让他们走了。

之后不久，一天中午我跟张哥一起吃饭，我还沾沾自喜地跟他炫耀我治疗汪宪知的成绩，当时张哥跟我说：“你的治疗方案并无不妥，不过吧，冒充者综合征是一种暴力倾向非常严重的精神病之一，最好的方法应该是在精神病院里隔离治疗。”

那时的我还有点不以为然地说：“人家汪宪知看上去斯斯文文的，待人接物礼貌有加，说话都是那种和和气气的，哪像你这种莽汉，说话跟吵架似的，就算没病，我怕你一时兴起，恐怕都会上街砍人。”

张哥不爽地说：“去你大爷的，老子哪有？！”

我冷哼一声，嬉笑着说：“你看，我话还没说完，你已经这样了，还不是莽夫是啥呢？”

结果那次口舌之争过后没几天，我就接到派出所李警官的电话。如今想来，真是悔不当初啊！

第三章

很快，我和张哥就来到了派出所，见到了李警官，他简单地把汪宪知的事告诉了我们：

前一天晚上，汪宪知持刀杀死母亲和妻子后，用手指蘸着鲜血，在卧室墙上写下四个大字“为民除害”。随后主动打 110 报警，面对接线员询问时自称亲手杀死妻儿，但说她们都是恶鬼。

数分钟后，警方赶到现场并将其控制。随后，警方在卧室内发现了汪宪知的妻子毕桂华和他的母亲李某倒在血泊中。赶到现场的急救人员确认这二人已经身亡。

汪宪知被警方带回了派出所进行审讯，汪宪知交代其实他很爱自己的家人，但她们都被恶鬼附身了，为了不祸害到别人，所以将她们杀了。

警方一听这话，知道这人肯定是病得不轻，仔细一查，果然发现他患有精神病，后按图索骥找到了我，随即请我过来了解情况。

我于是把汪宪知的情况一五一十地跟李达说了一遍，他一边听，一边做笔录，完了以后，他说："哎哟，真是没想到啊，子瑜，来，你在这里签个字。"说着，他将笔录移到我的面前，然后继续说，"对了，你回去之后，能不能麻烦你再将汪宪知的病例送回我们派出所？"

"没问题。"我签完字，将笔录还给李达，试探地问，"老李，请问我可不可以见一下汪宪知？"

"按理说，是不允许的，但你是他的心理医生，你跟他见见，说不定能帮助我们警方进一步厘清他弑亲的理由。他人目前正关在看守所里，我带你去见见。"

说完，李达带着我和张哥来到了看守所，隔着铁窗，我们见到了汪宪知，他看上去精神状态很好，心情也不错，见到我之后，主动跟我打招呼："欧阳医生，你来了啊，就知道你会过来看我。"

我痛心疾首地说："汪宪知，你为什么要杀了你的母亲和妻子啊？上次你去我那里的时候，不是说已经好很多了吗？"

"呵呵，那是我骗你的。"汪宪知阴险地笑了起来。

我问："为什么要骗我？"

"因为我终于想明白一件事！第一次去你那里的时候，我确实被你的一番话打动了，每日按时吃药，强逼自己去接受那些假冒我母亲和我老婆的人。刚开始，我还尝试去接受，但是后来越来越觉得恶心，一看到她们就烦，你要我别多想，我怎么可能不多想啊，一群对我丝毫没有关心和亲情的假冒者，说着一大堆不知从哪里打听到我跟我母亲和我老婆的私事，甚至是私房事，这能不让我火吗？”汪宪知不屑地冷哼了一声，继续说，“我受够了她们的虚情假意，你说这些假冒者没有加害我的理由，我想了想，确实是这样子，我既无名又无钱的，那么她们这么做的意义在何处呢？最近我终于想通了整个事，为什么这些假冒者会如此真实，那是因为她们其实早已死亡，是恶鬼附在她们的身上，代替了她们，为了不打草惊蛇，我故意假装情况好转，等待时机干掉她们！哈哈哈，昨天晚上这个机会终于被我等到！”

“你你你……简直是不可理喻啊。”我实在想不到他会这么病态，质问道，“你说她们都是恶鬼，那么她们这么做到底是为了什么？”

“哼，还能为什么，自然是想吸走我身上的阳气呗！”汪宪知一副“什么也瞒不过我”的表情，看得我都想上去亲手掐死他，他死死地盯着我，一字一句地说，“欧阳子瑜，昨天算你走运啊，本来杀了她们后，我想打电话引诱你过来，结果打了无数个电话都没有打通，想要去你家找你，但是又不知道你住在哪儿，唉，真是失误啊，上次去你那里的时候，我就应该问一下你的家庭住址，恨啊！”

听到这里，我冷汗直流，问他：“你为什么想要杀了我？”

“你以为我看不出来吗？上次去你那里的时候，我第一眼就识破了，你也已经被恶魔附身了。你个恶魔，算你走运，没让我逮到机会，不然的话，你现在早就被我干掉了！”说到这里，汪宪知突然咆哮起来，冲到铁窗前想要抓我。

我吓了一大跳，连忙后退了几步，一脸惊恐地看着汪宪知在里面张牙舞爪地叫嚣着："我要杀了你！"旁边的警察一看情况不对劲，立马上前将他降伏，然后拉走了。

我和汪宪知的谈话就此中断，李达送我们出了看守所，在回咨询中心的路上，我有些心灰意懒地跟张哥说："我现在真的很后悔，当初没有听你的，看来我真不是干心理咨询师的料。"

张哥拍了拍我的肩，安慰说："小子，你别这么想，咱们只是心理咨询师，又不是神，什么事情都能药到病除，这话可是你说的，你已经尽到自己的本分了！"

"唉，说是这么说，可我心里还挺不是滋味的。"我长叹了一口气，"我本来有机会挽救四条人命的。"

"怎么是四条人命？"

"汪宪知的老婆毕桂华已经怀孕多月了，可惜了，唉……"

"那就是三条人命，根据咱们国家的刑罚，汪宪知应该不会判死刑，估计下半辈子要在精神病院里度过了。不过进了精神病院，万一把他给治好了，也是大大的不妙。"

"为什么？"我不解，抬头看着张哥。

张哥叹了一口气说："你想啊，如果汪宪知治好了，知道自己杀了自己的母亲和老婆，还有未出生的孩子，这精神压力可不是一般人承受得了的，我怕他想不开自我了结了。"

"唉，的确是。"

汪宪知事件果然被张哥一语中的，他因为患有精神病，最后免予死刑，被送进了精神病院接受治疗。三年后，听说他病情好转，但是受不了弑母杀妻的心理阴影，于一个月黑风高的夜晚，在精神病院上吊自杀了。

NO. 10

帅小哥有严重的恋足癖

案例编号：120120819

姓名	马晓骥	职业	保安
性别	男	婚姻	未婚
年龄	26	住址	北京门头沟区
症状情况	跟着单亲母亲长大的他，从小就喜欢在母亲腿下玩耍，不想竟然玩出了心理病态，从此狂爱长腿，以致不可自拔		
治疗结果	成功		

第一章

恋足癖是指对同性或异性的足部或其鞋袜有特殊的迷恋，而这种迷恋往往超过对其身体的兴趣，有这种爱好的人被称为恋足者。

不同的恋足者有不同的方法满足这种癖好。有的只需借着自己的想象，便可得到满足；有的要通过看异性或同性脚部的照片，才能得到满足。

更有甚者，要靠偷窥别人的脚，或强迫别人践踏自己，才能获得快感。我也曾遇到过这么一个恋足癖案例，它不但是恋足行为中的典型，更是一种警醒。

正如我前面所说，在我们心理咨询中心，我最铁的两个人，一个是张哥，一个是安翠芳。只要三人都来上班了，午餐基本上无一例外都是结伴出去吃。

那天中午，我们三人来到常去的那家餐厅吃饭，点了几个菜，其中有我们三人都爱吃的红烧肉，其他菜上来的时候，我们随便夹了口吃，看来都在等着大菜上来。

张哥突然向我使了一个眼色，跟他相处这么久了，一看他的眼色，我就知道，他是想让我说点啥恶心的事，倒倒安翠芳的胃口，等下红烧肉上来的时候，我们就可以多吃一点。说起来是蛮无聊的事情，但有时候也是靠着这些无聊的事情促进了我们的感情。

我会了张哥的意后，放下了筷子，看了看厨房的方向，然后装模作样地说："看来大菜还要等一会儿才上来，我跟你们说说最近我听到的一个新闻吧。"

"啥新闻啊？子瑜，你没事就爱看这些有的没的，这新闻有意思不？没意思就算了。"张哥故意假装没兴趣的样子。

我说："当然是有意思的啦，像我这么有品的人，分享给你们的自然都是好玩有趣的东西啦，这可是从警方内部搞到的一手情报哦，目前还没有媒体报道呢。"

"这么神秘，那你就说说呗。"张哥把话引了下去。

我神秘地说："你们可曾听过最近出了一件大事？"

"啥玩意儿，有话快说，有屁快放，别磨磨叽叽地卖关子啦。"张哥催促道。

"我去，张哥，你真不会讨人喜欢。"我笑骂了他一句，然后接着说，"事情是这样子的，前不久在南城城乡接合部的地方，有一个叫田德忠的当地农民想在自己宅基地盖个房子……"

我于是开始往下讲：

田德忠是北京城乡接合部的一名农民，早些年去了外地打工，挣了一些小钱，年纪大了，不想再背井离乡，拖家带口地回了老家，他在小韩村那边有块宅基地，一直盘算着在那儿建个小两层楼，楼上住人，楼下开个门面。但是像这种城乡接合部建房，审批比较难，流程繁多，田德忠申报了三年，终于拿到了规划，他立刻就请了一帮人前往他的宅基地动工。

田德忠的宅基地位于小韩村西边一个不大起眼的小角落处，面积有个半亩左右，已经荒废许多年了，垃圾堆积如山，远远就能闻到阵阵恶臭，过往行人基本上都是绕道而走。

田德忠亲自开着自己的二手五十铃货车和四五个工人一起在宅基地上清理着垃圾，众人热火朝天地干着，很快几车垃圾就清除出去了，按这节奏，一天的工夫就能将所有的垃圾全部清理完毕。

最新一车垃圾差不多装满了，田德忠关上车厢按板，钻进驾驶座，开动汽车，刚刚起步，突然听到嘭的一声，他下意识地以为轮胎爆炸了，连忙刹了车，这时，又听到后面有人大叫："啊，是真的人头?！"

田德忠吓了一大跳，下了车，看到那个叫"大憨"的工人一屁股坐在地上，嘴里胡言乱语地叫着，他的脸上满是血浆，而在他正前方是一个像泄了气的人头，旁边则是若干个残肢。

田德忠问大憨："怎么了？怎么了？出什么事了？"

大憨说："我……我……我刚才挖垃圾的时候，不小心挖到了一个圆鼓鼓的人头，我以为是人头气球，就一锄头打了一下，结果它爆了，血浆溅了我一身，它是真的尸体！是真的！"

另外几个工人闻声过来，瞪着眼睛，看着地上的残肢，然后又像触电一样闪退了几步，都在问："难道这些都是尸块？"

在最新这一车垃圾里，田德忠等人刨出许多人体残肢，他们原先以为是人形模特身上的肢体，因为残肢上有些挂着奇怪的标志，工人中那个最年轻的小伙子，还曾捡着一只手臂跟工友们开玩笑，他们几个人像丢飞盘一样，我丢给你，你丢给我，来回嬉戏着。

田德忠稳了稳心绪，叫喊着："还愣着干吗？赶紧报警啊！"

田德忠等人迅速报了警，负责这片区的片警赶到，查看了一下现场，然后又刨了刨出现残肢的那一块地，结果又刨出一些肢体，片警脸色发青，连忙呼叫总部支持，刑警马上赶到，将田德忠这块半亩的宅基地翻了一遍。

说到这里，我故意顿了一下。

安翠芳果然上钩，好奇地问："结果呢？"

"事先说明，我说出来你可别说我恶心你啊！"我欲擒故纵地说。

安翠芳不耐烦地说："哪有那么多废话，快说。"

我一边比画，一边说："警方共从那宅基地里面刨出数十具尸体残肢，有男有女，有老有少，不过万幸的是通过鉴定，这些都是属于医疗残肢，并非杀人碎尸，尸块来源很可能是无良的医疗机构随意抛弃造成的。那些医疗残肢啊，有的还带着血，血淋漓的，有的上面长满了蛆，有的就像……”

这时候刚好那盘红烧肉上桌了，安翠芳正想动筷，我指着它，继续说：“有的就像这红烧肉一样，一块一块的！”

“我呸！我说为什么突然讲起新闻来了，原来是想恶心我啊。你们好多吃肉啊！”安翠芳放下了筷子，看着张哥，怒气冲冲地说，“说，你是不是主谋？子瑜平常可没这个胆儿！”

张哥夹了一块肉吃下肚，嬉皮笑脸地说：“尸块就尸块嘛，有什么大不了的，眼不见心不烦，嗯，好吃！”说着，又吃了一块。

我也笑嘻嘻地吃了一块。

“你们俩当然无所谓了，整天不是看些重口味的心理学，就是变态心理学，恶心度早练出来了，老娘我可是冰清玉洁，正常人一个。大爷的，不吃了！”说完，她冲着我说，“子瑜，我不管啊，今天午饭钱我那一份，我可不出啊，谁叫你说那么恶心的东西！”

“好好，我替你出。”我可不敢得罪她，忙答应道。

张哥闻言，对着服务员高喊：“再给我们来一盘红烧肉！”

我给了张哥一拳，笑骂道：“我去，搞了半天，你是阴我啊，挖坑让我跳啊！”

张哥给了我一个白眼：“你欧阳大心理咨询师，多付一份钱咋了，你又不缺这点钱！”

“活该！”安翠芳在一旁哈哈大笑。

第二章

本来这件事就是我们吃饭中的一个闲聊，结果没过几天，跟我爆料的李达警官就带着一个帅气的小伙子来到了我的办公室。

我招待他们二人坐下，笑问李达说：“哟，什么风把您吹过来啦？”

李达反问我：“还记得我上次跟你说过小韩村发现医疗残肢的事情吗？”

“记得啊。怎么啦？”

“后来我们追踪了下去，结果发现……”

李达说，关于医疗尸块处理，是有明文规定的，经过一系列责任到人的流程后，必须送往火葬场妥善处理，然而某些无良医疗机构趁着天黑到处随意抛弃残肢已是屡见不鲜。

在小韩村里发现的那些残肢最早时间可以追溯到八年前，最近的一次则是在几天前，一般医疗残肢都是装在专用的医用垃圾袋里，袋外会粘贴标签，注明产生日期、科室、名称。

而这些尸块，虽然偶尔也发现有标签和专用医用垃圾袋，但重要的信息不是撕毁了，就是涂改了，丝毫看不出是来自哪家医疗机构。

不过根据最新的残肢鉴定，无良医疗机构最近一次抛尸时间是在一周前，经过现场的分析，无良医疗机构是开着小型面包车前来抛尸的，所以警方决定从马路上的监控录像和走访事发地周围居民入手。

很快就查明七天前的晚上，时间在夜里一两点左右，小韩村的张大爷外出起夜，无意中看到了抛尸者和车辆。

虽然小韩村已是社区化管理，但基础设施还是很薄弱，居民家没有厕所，大小便得去村西那个简陋的公共厕所。张大爷吃东西吃坏了肚子，连日来肚子都有些不舒服，那天晚上是他第四次去公共厕所，刚刚蹲下来不久，就听到外面窸窸窣窣的声音，他以为是小偷，于是站起来看，远远看到有一个人正在垃圾堆那儿倒腾着。

据张大爷说，那人身材魁梧，留着一个小平头，没多久后，就开着一辆白色的车走了。经常有外面的人开车来这儿倒垃圾，所以张大爷也没多在意，只知道那是一个男人，车是白色的，由于距离太远，张大爷并未记住车牌号码。

获知了这些信息，警方连忙调出张大爷看到嫌疑人那一天的录像，通过这一时段进出小韩村所有车辆，成功地锁定了车牌号为“京 N22××”的白色金杯小货车，通过车牌号查询，上面的信息显示登记人为北京 ×× 康复医院。

警方于是联系了北京 ×× 康复医院，北京 ×× 康复医院听闻涉嫌随意抛弃残肢大为震惊，连忙将医院专门负责处理医疗残肢的负责人郑宏叫过来，当面对质。

起初郑宏并不承认，当得知我们有目击者和录像的时候，他这才像霜打的茄子低下了头，承认了自己的抛尸行为。

一般医疗残肢处理办法是花一笔不菲的钱送到火葬场直接销毁，郑宏是北京 ×× 康复医院的老员工了，在医院干了有三十多年了，一直负责处理医院医疗事故的残肢工作，据郑宏交代，他原先一直恪守医院规矩，每次的医疗残肢都按规定送往火葬场烧毁。

然而在八年前，他染上了赌博，欠了不少外债，当时正好有一批医疗残肢要处理，他就联合了火葬场的人，做了一份假资料，将那笔销毁残肢的钱私吞了，残肢则随意抛弃到垃圾场里。

开始，他还战战兢兢的，后来见也没人发现，于是陆陆续续又干了好几回。小韩村抛尸案事发点，只是他随意抛尸的地点之一，全城还有多处抛尸地。

在审讯时，郑宏为了戴罪立功，提供了另外一个信息，他怀疑北京 ×× 康复医院有人借他处理残肢事宜抛尸灭迹。

他说每次医院要处理的残肢，他都会数一下，有时候数目跟医院送过来的有差别，头几次，他还以为自己数错了呢，前几天他新领到一批残肢的时候，看到里面有一条长腿残肢，那条腿很长，不胖也不瘦，看着非常完美，他首批将它搬入车里，为了合理利用空间，他还特意将它放在不碍事的一角，谁知道等他第二次搬残肢回车上的时候，它居然失踪了，他找遍了车厢都没有再找到它……

另外有时候他还发现数好的残肢会莫名其妙地多个一两袋，医用垃圾袋也是他们医院专用的那种，但就是没有科室、责任人和名称。

虽然发现了这个问题，但是他一直没有告诉别人，因为处理残肢他本身就是在违规操作，这种事哪敢深入调查，睁只眼闭只眼就过去了。

他又说北京 ×× 康复医院为了保持医院正常秩序，医院日常车辆使用都是从后门走，后门有专门的监控器，录像内容一般保留十天以上，摄像头应该会拍到什么……警方来到了监控室调出了前几天的视频，经查证果然发现视频有删改的情况，于是马上找到了当天值班的保安小马。

李达说到这里，停下来，指着那个帅小伙说：“就是他。”

我看了几眼这个帅小伙，国字脸，眼大眉粗，身高一米七八，看上去英气逼人，好奇地问：“结果呢？”

“结果他一看到我们警方来了，吓得当场趴在地上，一股脑将自己的犯罪行为坦白了出来。原来啊，他有严重的‘恋足癖’，那些医疗长腿残肢是被他偷去了。咳，医院不想将事闹大，怕影响了他们的声誉，对他的偷窃行为不予追究，我们警方抱着惩前毖后，治病救人的原则，对他教育批评了一顿，为了趁早治好他的变态行为，所里委派我给他找一家心理咨询中心接受治疗，我呢，就认识你，所以就带他来了这里。”李达苦笑了一下，接着说，“事情就是这样啦。子瑜，人我交给你啊，没事，我就先走了，改天一起吃饭啊。”

“要得咯，人在我这里，你就放心吧！”

我送走李达，返回后，见帅小伙小马还低着头，像犯了错的孩子似的站在一边，忙招呼他说：“来来来，坐坐，别站在这里比谁高，我可没你高，你这样会让我很有压力。”

闻言，小马神情稍微有些放松，坐下了。

“哥们儿，别有心理压力，恋足癖不是啥大毛病，我跟你说，这年头几乎每个人心里或多或少都有一点小毛病的，比如我。”我一边给他倒茶，一边说，“我其实也有个怪癖，我喜欢熟女，日本爱情动作片，基本上都是选熟女系的来看，像北条麻妃、浅井舞香、三浦惠理子什么的，是我的最爱。”

听我这么说，小马不由得笑了起来。

第三章

见他完全轻松了，我返回自己的座位上，笑着跟他说：“对了，还不知道你叫什么名字呢？”

小马回答道：“我叫马晓骥。”

“我看咱们年纪都差不多，我就叫你马兄吧，那个啥，既然李警官把你请到我这里呢，咱们就例行工作聊一会儿呗，这样我也好对他有个交代。另外听他那么说，我觉得你的恋足癖挺严重的，有一点，我们可以称为欣赏，但过头了就是病态了哦。你是从什么时候开始变得如此痴迷的？”

马晓骥想了想说：“我想这应该跟我的家庭出身有关吧。我父母在我很小的时候就离婚了，我是跟着母亲长大的，我的母亲有一双修长的美腿，小时候特喜欢在她的膝下玩耍，或许是因为这个缘故吧，我打小就喜欢在那些长腿的阿姨们身边乱转，靠在那一双双美腿下，我觉得自己非常有安全感。长大后，我也频频追求那些拥有长腿的姑娘……”

马晓骥说，估计由于他太痴迷长腿了，以至于到了变态的地步：不管何时何地，只要是单独跟女友在一起，他立刻像变了一个人似的，原先对女友的好，全部转化到对女友美腿的好，嘘寒问暖、关怀备至，吃饭的时候，他要先跟女友的美腿打招呼后再吃；走路的时候，没走几步，就要请女友坐下休息，然后他在女友的美腿上又是揉捏又是敲打；睡觉的时候，他必定要抱着美腿睡。这情况，换作任何人都受不了，故跟他交往的女生没一个能长久的。

我摸着下巴问：“像你这样，我想没一个姑娘愿意和你长处下去，难道你没想过克服一下吗？”

“我也想克服过，但是太难受了。”马晓骥表情略有些无奈地说，“就像是吸毒上瘾似的，我有些不能自拔。”

我点点头，感同身受地说："这个我能理解，一般上瘾这种事情啊，当事人没有特别强的自控力，单靠自己是不可能成功的。不过我觉得你完全可以从网上找些美腿来满足自己的需求嘛。"

马晓骥不好意思地说："网上的那些美腿照片、美腿视频固然可以充分满足我各种变态的意淫，但都只能远观而不可近亵，现实中的那些美腿，虽然可以通过勾搭达到猥亵的目的，但又不能长久，所以我常常幻想，要是有一双可以任由自己为所欲为的美腿该有多好啊！"

"所以你就去了北京 ×× 康复医院应聘当保安？"

马晓骥点点头说，四年前一次偶然的机会让他无意中撞见了郑宏随意抛弃残肢的现场，当时他远远看到那些残肢中有一条高贵冷艳的大腿，看得他心痒痒的，等郑宏离开后，他连忙将那条美腿残肢挖出来，又抱又亲又搂，如获至宝般地拿回了家。

接下来的几天，他全部心思都在那条美腿残肢上，吃饭睡觉片刻不离，拿美腿当女友来用，买了许多性感的丝袜来装扮。

"那几天是我人生中最美好的时刻，我为所欲为地发泄了我所有的欲望，它让我第一次感到人生的意义！虽然后来我还曾有过那样的经历，但都比不上那一次的快感！"马晓骥忍不住如是说。

有了这次的意外"收获"，马晓骥后来时常在郑宏抛尸处溜达，期盼有第二次"艳遇"，然而等到的却是失望，郑宏的车辆再也没有出现过。

他当时留了一个心眼，记下了郑宏的车辆，借着上面的信息，他找到了北京 ×× 康复医院，经过一番深入调查，他大概摸透了医院医疗残肢处理流程，于是辞掉了原先的高薪工作，应聘到了医院后面的保安职位。

北京 ×× 康复医院是著名的骨科专科医院和义肢研究院，每天成百上千来自各地的患者蜂拥而至，各类医疗事故残肢没多久就要处理一次，不然那一百多平方米的临时堆放残肢处就要满仓。

马晓骥上岗没几天，很快就摸清了郑宏处理医疗事故残肢的时间表，专挑这些日子值班，然后通过监控器观看郑宏运尸的情况，一旦看到里面有又长又美的大白腿，他就伺机去偷，玩弄后再趁偷新残肢的时候处理掉，这也就是为什么郑宏老觉得处理的残肢中莫名多了一袋或者少了一袋的缘故。

因为医院后门基本上都是内部人员进进出出，来往人员非常少，所以四年以来，他前后偷了 N 次，没有一次被抓，直到这次。

原来如此，虽然在各种课本上看过不少恋足癖的案例，但是像他这样的，我倒是第一次见。听他这么说，我心里大概有个谱儿了，我朗声说："嗯，马兄，其实你这种行为说到底就是缺少安全感使然。从小父母离婚，你跟着母亲长大，由于缺少父爱，致使你从你母亲腿下寻找安全感，后来这种安全感慢慢裂变成了一种病态。虽然说事情棘手了点，不过不要紧，还是可以治好的。"

"你是说我这毛病能治好？"马晓骥眼睛一亮。

“当然可以，不过主要还是看你有没有这个毅力了。”

“我有，经过这一事，我彻底觉悟了，我继续这么病态下去，就算今天不出事，明天也会出事。”

“你能这么想，已是成功一半。是的，早出事也未尝不是一件好事，总比酿下大祸方才回头来得好。”

马晓骥本人已经意识到自己的恋足癖存在的问题，他的心理已经不需要我再多做引导，需要的是监督和辅助克服他的恋足欲望。为此我根据他的爱好，定做了多款他喜欢的美腿类型模型，然后在假腿上涂有闻上去极其恶心的气味，并且做有小机关，只要他抚摸它的时候，就会如针刺般疼痛，借用这种厌恶治疗法来促使他对美腿产生排斥的下意识，以达到纠正恋足的行为。

几个月后，效果显著，马晓骥如愿摆脱了恋足癖。

NO. 11

感觉自己是一切的主宰

案例编号：120130930

姓名	田大奇	职业	保险从业员
性别	男	婚姻	未婚
年龄	30	住址	北京朝阳区
症状情况	他似乎拥有一种不可思议的能力，满大街胡乱拉人就谈保险，可不管再不靠谱的客户，和他谈后的结果一定是掏出笔来或者爽快或者迟疑地签字埋单		
治疗结果	失败		

第一章

心理咨询中心是一个容易产生故事的地方，因为来这里的人，大多心理略微有些非正常或者说是偏执，所以看待问题或者事件，就跟正常人不同。基于此，一些对正常人来说的不可能，在他们眼中往往就是可能。

操控世界，主宰一切，这只有神才能达到的境界，正常人连想都不敢想，然而在某些心理障碍患者看来完全可行，并且已经实施了 N 多次，比如，田大奇案例就是这类的典型。

如果是喜欢猎奇方面的人，估计一看到这个名字就会想起多年前他那些“神奇事件”，其实早在他的事情被人广为津津乐道之前我就跟他见过——他曾经来到我们咨询室跟我聊了聊理想，聊了聊人生，然后就走了。

这是一种很常见的心理咨询，有很多人心里有些话，压抑在心中许久，但又不方便跟亲人或朋友说，因此会专门找些不相干的人来叙说，说完了也就好了。

第一次见面，我对他的印象不是很深，只记得他问过我这么一句话：“如果让你拥有所有的一切，但是你的一言一行都跟你内心真实想法相反，你愿意吗？”

我当时笑着回答说：“最好是两者兼之，既可以拥有一切，又可以随心而行，不然的话，心里肯定不开心，哪怕打个对折都成。”

田大奇听完后，陷入了深思，半晌后，他跟我道了一声谢，然后起身告辞了。

没过多久，我就将他忘了，可是谁知道再见到他时，他让我无比的惊讶。

那天比较清闲，我跑到张哥办公室跟他玩跳棋，正杀到难解难分之际，突然听到门外嘈杂起来，我和张哥开门就见到同事们都纷纷往外走，正巧这时阿怡经过，我拉住她问：“美女，怎么啦？”

阿怡说：“听说前面不远的大楼上有人闹跳楼，大家正赶过去看。”

“我去，你们也太八卦了吧。”我有些不屑地说。

张哥似乎很有兴趣，拉着我说：“子瑜，咱们也去看看。”

他都这么说了，我怎么好意思拒绝，于是跟他随着大流下了楼，来到了事发地点，果然看见楼顶上徘徊着一个二十五六岁的年轻男子，他跃跃欲试地在安全护栏上来回晃悠，旁边有几个保安模样的人像是在劝说，楼下则聚集着一群起哄的围观者。

保安们劝了半天，楼上的男子依然还在安全护栏上徘徊着，似乎更加跃跃欲试。我定睛端详了他好几遍，觉得这个男子似曾相识，但是叫什么名字却忘记了。

虽然我不是非常有正义感的人，但是眼睁睁看着别人跳楼而置身事外，这不是我做人的宗旨。我扯着嗓门高喊着开导的话，不知道是不是楼层过高的缘故，还是男子压根就当作耳旁风，根本不为所动。

我焦急地心想要不自己上去好生跟他说说，我这张嘴巴向来有的说，说不定能将他忽悠下来。这时，警车呼啸而来，几个警察从车上跳了下来，急匆匆地往这里赶来。

见状，我暗自松了一口气。然而就在此刻，楼上那个男子突然张开了他的双臂，像只老鹰一样奋勇地飞了下来。

“啊！”楼下一阵嘘声，谁都没想到他真跳了，个个目瞪口呆地看着他像一摊烂泥一样摔了下来，可是等大家的口都还没合拢的时候，现场发生了一个电影里才会出现的逆转结局：就在年轻男子即将坠地的那一刻，旁边的拐弯处突然窜出个提着一个偌大黑袋子的奔跑的中年男子，年轻男子不偏不歪地正好坠落到他的身上，这名中年男子当场被压成了肉饼，脑浆溅了一地，而那位跳楼自杀的年轻男子却除了“哎哟”一声大叫，然后地上滚了几圈后慢慢摸着头站了起来，看起来倒是安然无恙。

近距离好生看了看这名男子，我终于想起他是谁了——他就是几个月前曾来过咨询室的田大奇！

然而观众还没来得及为这样不知道是惨剧还是喜剧的局面确定好自己应该流露出的表情，情况再度发生巨大变化，楼房的拐弯处出现了几个跑得气喘吁吁的警察。

离田大奇跳楼不到十秒的工夫，难道超人来客串 110 的角色了吗？却见警察急匆匆地赶到现场，一把抓住田大奇的手连声称谢。

这时围观的人群才突然爆发出一阵剧烈的交头接耳声。

我愣了好一会儿，才知道原来那名被压死的中年男人刚刚在附近的银行抢劫，并持枪杀了两个人质，警察们已经追了好几条街，最后将他逼到了这里，不想被跳楼的田大奇误打误撞“正了法”。

看到这样的景象，我不由得哑笑，暗叹这世界真是什么怪事都有！我见田大奇耷拉着脑袋站在那里，像谁都欠他钱不还似的一脸苦相，却没有大惊吓之后应该有的失魂落魄，正想上前问他究竟遇到什么事了，为何要如此想不开？这时警察好像有话问他，拉着他上了警车，看来是去警局做笔录了吧。

我耸了耸肩，没多想就走了。在回咨询中心的路上，我跟张哥说起几个月前田大奇来我们咨询中心的事。

听了之后，张哥问我：“除了闲聊之外，他没跟你再说点其他的了吗？”

“没有。”

“他那句‘如果让你拥有所有的一切，但是你的一言一行都跟你内心真实想法相反’倒是值得揣摩。他似乎正在做着违背心意的事情，但得到的收益很大。”

“是啊，不会是干了什么坏事吧？”

“从字面理解上来看，似乎不是。”张哥摊手说，“算了，别瞎想了，警察已经带他问话去了，我想如果他真有什么如鲠在喉的话，在警察面前他应该不会再隐瞒。”

我想想也是，可是怎么也没料到，没过几天，我又遇着了田大奇，而当时他也正是要去寻死！

第二章

这天，我外出家访某患者，忙完后开车回咨询室，车到立交桥的时候，透过挡风玻璃，无意间我看见前面不远处有个男子正翻身越过桥栏杆，定睛一看，我差点大叫起来，他赫然就是上次跳楼压死抢匪的田大奇！

我当即将车停在一边，起身探头，只见田大奇双手松开栏杆，然后决然地跳向了下面的马路上。立交桥是一个重要的交通中枢地段，这里车来车往颇多，光天化日之下，他这么一搞，前方专心驾驶的司机顿时慌了神，跑在最前面的那辆小型集装车显然是一个狠命刹车，接着方向盘一打，这样慌乱的操作导致的结局就是车子“轰”的一声撞向了桥下，车头当即被撞了个稀巴烂。

而跳桥的田大奇却刚好落在这辆车侧后方一个车位的大卡车上，摔在一堆蔬菜上，看样子是没什么大碍。这时马路上所有的车都停了下来，好在后面的车辆跟得不是太快，这才避免了连环撞车的惨剧。

田大奇似乎怎么也没想到居然会是这等情形，微微一愣，随后跳下车立马想开溜，但被四周围过来的群众堵在了原地。很快警察就过来了，经过现场检验，小型集装车的司机和副驾驶早已死去，田大奇被戴上了手铐推进了警车。

本来事情到了这里该告一段落了，然而生活真是一出充满狗血的电视剧，正当警察指挥拖车想将这撞毁的集装车拖走的时候，突然集装箱后面响起了一阵“砰砰”声，似乎里面有人，将反锁的车厢打开一看，发现里面躺着一个女人，一个被五花大绑、嘴上贴着胶布，且被撞得头破血流的女人。警察忙上车将女人解救出来，仔细询问缘由。

女人的口供让警察和在场的围观者为之哗然，原来这个女人是北京某著名富豪的独生女，她今天出外游玩，路过一条小巷却被两个男子绑架，显然是已经图谋已久，尾随至此，然后想把女子转移到安全地方后找富豪索要赎金，不料车到了立交桥，被要寻死的田大奇“拦截”了下来。

照这么说来，田大奇岂不是干了一件“英勇”的壮举！经过指认，横死的小型集装车司机和副驾驶就是劫匪，于是事情由于女人的出现发生了戏剧性地转变，显然田大奇又一次充当了英雄，虽然这过程很尴尬。

目睹这一切，我再次无语了。田大奇一直沉默不语，案发后，不管是围观者指责他还是警察询问他，他都没吭声，只是一直紧皱着眉头，耷拉着脑袋，看着脚尖。在警察将他带走之时，我曾尝试跟他搭讪，但他似乎没有认出我来，并没有搭理我。

上次“跳楼自杀压死抢匪”，这次“跳桥自杀逼死绑匪”，直觉告诉我，田大奇身上隐藏着某些秘密。

我开始回想第一次与他见面的情形，那时的他穿着西服，戴着领带，脚上穿着一双锃亮的皮鞋，随手提着一个公文包，看上去干净整洁。他虽然没有告知他的职业，但是从他的装扮来看，不是房地产销售人员，就是个卖保险的。

与我聊天的时候，眉头虽然一直都微微有些皱，但是他思维清晰，心态积极，这才刚刚过了没几个月，他究竟发生了什么事儿，让他如此绝望，竟然三番五次地想要自杀？

跟他有了这两次的“巧遇”，让我对他的事产生了浓烈的兴趣，我开始留心注意本市报纸“社会版”的报道，我相信田大奇的两次“义举”早已吸引了大批记者。

果然，第二天，关于田大奇的奇事就占据了各大报刊杂志的社会版面，其中本市最大的都市报上面，不仅报道了发生在田大奇身上的奇事，深挖出他卖保险的职业、老家籍贯，来北京已有六年之久，有个相恋多年的女友，但已分手等信息，还报道了针对这两件事警察对于田大奇的处理：给予田大奇免予刑事和民事起诉。另外记者深度采访了田大奇的邻居，根据这些口述，爆料了更多田大奇的“神奇事件”：

住在田大奇楼下的刘大妈说，前几天她去公园练腰鼓，小孙子在家无聊玩起打火机，不小心将地毯烧起来了，整栋楼都没啥人，眼看火势不可收拾，田大奇神奇出现，及时灭了火。事后问本该在公司上班的他，怎么会那么巧回来救火。结果他闪烁其词地说他那天睡过头了，没去上班，下楼吃饭的时候，正好看见楼道里有房间冒出火烟。

住在田大奇隔壁的赵大婶说，三天前他们这栋公寓半夜突然停电了，大家纷纷出来查看，却意外在外墙上发现两个正尴尬攀爬在二楼与三楼之间的小偷，后来经过调查发现，整栋公寓之所以会停电是因为田大奇在配电房乱搞造成的，问他为什么去配电房，他也是语焉不详。

保安老胡说，他前些日子也看见田大奇做了一件惊人的事情。那天下午，老胡换班回家，路过街尾那个人工湖的时候，看见田大奇浑身湿淋淋地从湖中上来，旁边还躺着一个不停地吐水的小孩，按说小孩逃课跑来溜冰，结果掉进了湖水里的事也时有发生，但怎么就运气那么好，偏偏碰到田大奇路过，不然这小孩估计是悬了。

大家议论纷纷，推测他是不是有超能力或者压根就是个外星人。看到这些报道，我的好奇心越发旺盛。如果之前这些巧合的事让我觉得挺有意思，那么现在田大奇这个人更让我感兴趣。按照我亲眼见到他的那两件事来推断，这些事似乎不只是巧合那么简单。

田大奇作为事件的主角，和常人相异的反应也很值得玩味。难道他有特异功能？或者能预知未来？理智告诉我，这是不可能的！可如果不是，目前发生的一切该如何解释？我突然想起他跟我第一次见面临走之时问我的那句话“如果让你拥有所有的一切……”莫非这句话暗藏深意？

田大奇第一次来我们咨询中心并没有留下电话和地址，我见报道上田大奇所住的小区，就在我们咨询中心不远处，当天下午，强大的好奇心驱使我去了那个小区，门是找到了，但是不见他人，他的邻居见了我，以为我是记者，拉着我，稀里哗啦地又说了一通田大奇的“神奇事件”，我也趁机安插眼线，拜托住在田大奇隔壁的赵大婶，如果田大奇回来请第一时间通知我。

第二天，我就接到了赵大婶的电话，但当我赶过去的时候，田大奇却出门了，我根据赵大婶说的方向，开车一路追赶，不一会儿就看到了田大奇的身影。

我本想赶上去直接问问他，临下车时，脑子突然闪过一个念头：这么一个神奇人物，如果我跟踪他一天，会不会又有新的“神奇事件”出现呢？我关上了车门，开始慢慢跟踪他。

我在远处看着他提着一个公文包面无表情地在大街上急匆匆地走着，难得看到他这副普通小白领的形象，让我从跟踪中得到了快乐。

然而极其让我震惊的是，本来想看他笨拙地谈业务然后被拒绝的糗样，已经是提前列入我的跟踪乐趣之一，但大跌眼镜的是，他虽然看似漫不经心地胡乱拉些客户就开始谈，可不管再不靠谱的客户，和他谈后的结果一定是掏出笔来或者爽快或者迟疑地签字埋单！

难道他会读心术？能操纵别人的意识？等等，这不是在拍美剧《Heros》啊！好吧，在这些奇怪的事面前我暂时低头，承认超能力的存在，可之前他身上的大多数事情和操作思维也不沾边啊。

那么，这些事一定有共同点！沿着这个思路，我开始飞速串联这些事，突然就像动画片里的那样，一道闪光在我的脑子里闪现：运气！

没错，从头到尾，这些事都可以归结为好运气！不管遇到什么麻烦，总能让他逢凶化吉。我很兴奋，认为我离真相已经只是一步之遥，不过还是理智地克制住了，我要继续证明我的猜测！

接下来我继续悄悄观察着他的生活，他做的一切都印证了这是个好运气的男人，我这样的平凡人和他比起来真的会让人气死：

跟着他走到一个陌生的片区，看着他莫名其妙地就顺利谈成两笔生意，吃午饭时他放着环境不错的饭馆不去，却偏偏进了旁边一个又脏又简陋的排档。我边嘲笑他的审美常识边进了那个“高档餐厅”，过了半小时，我苦着脸出来时，满脑子都是“他为什么会知道这里的饭菜很难吃？”的疑问。

还有，回程的路上明明有直达的班车，但是他偏偏走了一条又绕路又要换乘的路线。我已经习惯性地对他的反常行为进行留意，所以很快我就从手机上找到最新的网路信息：之前那条路突然出现重大车祸，整条路都被塞得满满的，现在交通完全瘫痪……

好吧，我已经无力吐槽了，田大奇，这个神奇的男子。他的好运气到底是怎么来的？天赋异禀还是身怀宝物？别误会，我没有邪念，我只是一个好奇心很强的人，这和我是不是心理咨询师没什么关系。所以我决定不再玩跟踪的把戏，直接找上他，开门见山地询问他。

我本来猜测，当他看到我如此唐突地找上他，询问他那些神奇的事件，一定会像驱赶那些记者一样，厌烦地把门关上，连一句话都懒得和我讲。不过当我敲开门时，他却露出了一丝值得玩味的笑容。

打开门的动作应该是表示欢迎进来吧？我也这样理解的，不过他紧接着的一句话，让我又郁闷起来。他说：“欧阳医生，我其实不想让你进来。”

……

田大奇，这个命中好运的男子，的确有着与众不同的能力，但却不是我想的那样。

我们的对话坦诚得出乎意料。当我像一个狂热的粉丝那样，用崇敬和敬畏的心情，叙述了我对他超能力的猜测后，他笑得很开心，简直眼泪、鼻涕都流了下来。对此我表示理解，换了别人对我这样说，我也会觉得很搞笑吧。

不过他的笑声和眼泪却没有很快停止，渐渐地笑声变成了呜咽，又渐渐地变成了号啕大哭，他就在我面前像个孩子一样大哭了起来，哭声中包含着无穷的委屈和绝望，让我都能感觉到一股难以言说的悲伤，似乎能感觉到他身上背负了什么难以承受的难处，让我毫无由来地升起一股同情。

我猜中了开头，却没猜中后来。

田大奇确实获得了一种奇异的能力，这种能力叫作选择。

第三章

选择是超能力?！是不是很难理解?

我在听到这个词的时候也不明白这代表着什么，不过从他的叙述中我很快知道这种能力的可怕。

简单地说，他面对选择时，自己内心的真正决定都是错的，而另一个选项一定是正确的。

开始的时候，他和所有的人都认为是自己很倒霉，考试时拿不准的选择题一定猜不准正确答案；去食堂打饭时，等排到窗前想吃的菜一定刚刚卖完；买哪只股票，哪只股票就一定会狂跌不止；犹豫不决下买的手机很快就出现问题。

当这样的事情变成日常生活中的一部分时，他似乎感觉，自己人生道路的前方，只写着“废柴”两个大字。

“你信命吗？”田大奇问我。我不知道怎么回答，他自言自语地接道，“这样的情况下，我怎么能不信命呢？”

于是，他准备接受这个现实，接受自己是个倒霉蛋的惨淡现实。得知他的想法，相恋多年的女友却哈哈大笑，开玩笑地说：“如果你真的所有的选择都是错的，那不如你按照与心里真实的想法相反的去做，不就好了？”

说者无心，听者有意。他首先去了一家电子游戏室，坐在苹果机前，颤抖着投进了几枚硬币，开始赌大小。两小时后，10 元钱买的硬币换成了 3000 元钱。他意识到，他的人生将开始新的篇章。

开始的时候，这个能力很不容易操作。不过田大奇经过不停地训练，开始逐渐熟练，渐渐地将自己的感性的本心选择和理性的准确选择区分开来。利用这种能力，他有了操纵世界的幻觉，感觉自己是一切的主宰。

“主宰，或者先知。你能体会这种感觉吗？”田大奇又停下来开始问我。

好像他这次真的等我回答，我思考后冷静地告诉他：“可能会有，但这种所有的选择都必须和自己本意相反的生活，久了应该会让人发疯吧？压抑，又得不到发泄，难道你自杀也是因为这个？”

他似乎在回忆什么，脸上露出了柔和的神情，良久后才缓缓开口：“男人尤其是一个小有成功的男人，会面临很多诱惑，特别是关于女人方面。而当有诱惑时，就会有选择……从那时起，我才发现自己以为的美梦，其实不过是一场噩梦罢了。”

就这样，虽然心底极爱女友，但他还是主动分手了。很俗烂的剧情，我撇撇嘴，听他继续讲下去。从这以后，失去女友的痛苦让他本来就很纠结的内心更加纠结。

终于他再也忍不住，决定去他妈的，哪怕再回到倒霉蛋的生活轨迹状态中去，也要把女友找回来。因为，至少在郁闷中，回到家还会有个人笑着说：“你这个倒霉的家伙，今天又怎么了？”

两人和好了，田大奇很开心。不过只开心了不到一个月，当女友心平气和地说自己爱上了其他人时，他的心如坠深渊。

不是初恋的少年第一次体会到爱情离去时的残酷那种痛苦，而是他明白，自己已经无法逃脱命运的圈套，选择的能力带给他的，一定是诅咒。

“不应该这样……”我有气无力地劝他，说实话面对这么惨的事情，我突然一时语塞，找不到什么词语来安慰……

“呵呵，你误会了。这几次的自杀未遂，让我想明白了很多事情，既然命中注定如此，那我就只好这样扭曲地活下去吧，也许我很快就会习惯，这样不就好了吗？不知为什么，我今天会选择对你说这些，也许憋在心里太久了吧。现在都说出来了，我心里轻松了许多。就让今天做一个分界线吧，以前感性的我、多愁善感的我不在了，坚强的、冷漠的、理性的我，会好好活下去。”

面对戏剧化的场面，我真不知道该说些什么好，不过看着他很坚定的表情，我想这也许是好事吧。“不如以后开个股票咨询工作室？”我打趣道。

“嗯，不错的主意。不过我原先想的是找个公司做销售。”

“就像你之前那样？看着最不靠谱的客户，然后硬着头皮上去问？”

“哈哈，是很无趣啊，那……呃，不如自己开个公司，选择新产品代理？”

“你有没有想过搞点高雅的事啊，比如艺术品收藏鉴定之类？”

“好啊，有机会一定要试试。”

……

聊天进入幼儿园小朋友式的天真狂想，外人听到了一定会觉得这是两个白痴，但只有我们知道这都是举手可得的现实。我们聊得很开心，我甚至不知道我是什么时候失去知觉的……

醒过来后，映入眼帘的是张哥那张焦灼的脸，我很茫然地打量着周围，不知道自己为什么会躺在医院病床上。

张哥见我醒来高兴地说：“小子，你终于醒了啊，吓死我啦！”

“张哥，我怎么会在医院里啊？”我一脸蒙圈。

“你是不是去找田大奇了？”

“是的，我在他家聊得还挺开心的，怎么一下子就到医院了呢？我是出什么事了吗？他人呢？”

“田大奇家里的煤气线路老化，发生煤气泄漏，你俩双双中招。若不是隔壁邻居闻到了煤气味，恐怕你这条小命也没了！”

我心头一紧，追问道：“张哥你说‘也没了’，意思是说田大奇……”

“嗯，你命大被抢救过来了，而田大奇他……他死了。”张哥点点头，悲伤地说。

“唉，看来命运跟他开了个玩笑，他想死的时候，三番五次死不了，不想死的时候却真的死了！”我瘫倒在病床上，忍不住感叹起来。

张哥问：“小子，你没事干吗找田大奇去啊？”

“最近不是到处都是关于他的‘神奇事件’新闻嘛，我觉得很好奇，这两天偷偷跟踪了他一下，发现这人果然非常不同，似乎真的拥有不可思议的能力！”我于是将连日来跟踪田大奇发现的事一五一十地告诉了张哥。

“我就说这两天看不到你人影呢，原来是调查这事去了，我真服你了，亏你自己还是见习心理咨询师呢，田大奇很显然是得了严重的‘选择性恐惧症’，由于严重缺乏自立意识，极度的不自信和逃避责任的心理，致使他面对选择时，纠结不已，其实以他的心态，不管选哪个他都不会满意。”张哥摇着头，一副恨铁不成钢的模样。

我嘟囔着说："可是，发生在他身上的事情确实很神奇啊？！"

"唉，我的宝贝徒弟啊，你啥时候才能不这么天真呢？！至于一系列由于田大奇选择造成的'奇迹'，纯属巧合使然啊。他的选择与选择后发生的一切，虽然有一定的联系，但不是必然的，拿他最典型的'跳楼自杀压死抢匪'和'跳桥自杀逼死绑匪'来说，如果这两件奇事换作是别人，大家一定觉得是巧合，那为什么发生在田大奇身上却成了神奇事件呢，原因是通过挖掘田大奇，发现他身上还有许多类似这种说不清道不明的事，这么多奇事堆砌在一起，让田大奇充满了神秘色彩。"张哥苦笑着说，"其实这里面有个误区，那就是在田大奇身上存在许多由于他的选择，实际上并未发生任何奇异事件的事情，之所以大家忽略了这一点，是因为我们对外界的感知是有选择的，符合我们心态的，我们记住了，更多不符合我们心态的被我们忘记了。你还记得张庭庭那件事吗？"

"记得，张庭庭那件事就是说她拥有预言死亡的能力。"

"嗯哪，当时你不但举了一个算命先生的例子，还总结性地说过'我们往往会轻易地忘掉一百次失败的预言，却津津乐道偶然的一次成功'，咋在田大奇这件事上就犯迷糊了呢？！"

我冷静地想想，好像确实是这么个道理。

张哥见我不吭声，于是继续说："田大奇这事其实也是同理的，相当数量的巧合事件都可由此得到解释。不过你犯迷糊也属于正常，之前只是听别人这么说，自己并非当事人，就好比坐着不知站着腰痛，现在事情发生在自己身上了，一时蒙圈，失去理智也是说得过去咯。”

“有道理。”我重重地点点头，彻底被张哥说服了。

张哥拍了拍我的手，笑嘻嘻地说：“小子，你还嫩着呢，以后还会遇到更离奇诡异的事件呢，遇事别着急下结论，先多观察观察，懂了不？”

“懂啦，以后还望张哥多多提携啊！”

“这是必须的！”

我身子并无大碍，在医院里休养了几天就出院了，遗憾的是，田大奇出事后，他的家人火速处理了他的后事，当时我卧病在床，没有见到他最后一面。

NO. 12

我到底是谁

案例编号：120140809

姓名	王墨	职业	无业游民
性别	男	婚姻	未婚
年龄	29	住址	北京朝阳区
症状情况	好像是在拍好莱坞电影似的，他一觉醒来就发现身边所有的人都不认识他了，到底是恶作剧还是时空穿越		
治疗结果	成功		

第一章

网络上有一则流行很多年的灵异事件叫“朱秀华借尸还魂”，声称当时惊动了蒋介石，事件大致是讲述主角朱秀华当年在台湾金门被海盗杀死，她死不瞑目，于是便借助一名台湾村女林罔腰重投人间。当时，林罔腰的先生吴秋得突然发现他的太太不省人事。他立即把林罔腰送到医院，结果死因不明。

在林罔腰出殡的那天，她的尸体竟在众人眼前突然坐了起来，并对众人说：“我叫朱秀华，我已借助林罔腰的身体复活。”当时，包括林罔腰的先生吴秋得等人，都被这情景吓呆了。事后，这则借尸还魂的事件公诸海外。

帖子说得有鼻子有眼，煞有其事的模样，不过是真是假，尚未可知，权当娱乐。现在这次要讲的案例跟“朱秀华借尸还魂”事件有些类似，也是“借尸还魂”——主角不知道自己到底是谁，却拥有另外一个已经成为植物人的人的记忆！他的事件堪称是一出悬疑剧，情节跌宕起伏，曲折离奇。

那天下午我百无聊赖地待在办公室里翻看着怪诞心理学方面的书籍，张哥随姨妈去国外参加交流会了，安翠芳也休假旅游去了，他们都不在，习惯了跟他们打嘴仗的我一时之间像是失去了主心骨，备感空虚寂寞。翻看了十几页书后，我觉得有些犯困，于是“北京瘫”躺在沙发上，眯上眼睛，打算睡一觉。结果刚刚入睡不久，一阵急促的手机铃声将我吵醒。

我睁开惺忪的眼睛，摸过手机，“喂”了一声。

“子瑜，你又在办公室里偷懒睡觉了啊！”电话那边像是长了眼睛似的，一语中的。

是我姨妈的声音，吓得我差点从沙发上摔下来，我忙说：“没有，没有，绝对没有的事。我正在洗手间里，所以说话声音有些低沉。姨妈，您出差回来啦？”

“没有，我现在人还在国外。是这样子的，有件事需要你走一趟，本来张勋是最好的人选，但是他现在随我在国外，一时半会儿回不去，只好由你代劳了。”

“好啊，嘻嘻，姨妈，是啥事啊？”我有些跃跃欲试。

“我挂职的那家医院，刚刚打电话过来说，遇到一件棘手的事情，最近医院接收到一名奇特的病人，这名病人自己的记忆全无，但却拥有另外一个已经是植物人的人的记忆。咋说呢，就好像是植物人借由这名病人重生了般。”

“啊？！有这样的事啊，岂不是借尸还魂了？”

“大概差不多的意思，我就听他们这么一说，具体情况不知道，本来应由我自己去一趟的，但是我人在国外，这件事就拜托你了。我把对方的联系电话告诉你，你联系一下，代表我走一趟。”姨妈说完，似乎还不大放心，又叮嘱说，“你好好做哦，遇事别急着下定论，我估计还要十天半个月就回去了。”

“好的，姨妈，您放心，这件事就交给我吧，一切妥妥的，绝对不会丢您的脸。”

“但愿如此。”

跟姨妈挂了电话后，我连忙拨通了她给的那个电话号码，简单介绍了一下自己。姨妈似乎早已跟对方说好，对方一听我的来意，即刻便要我尽快去他们医院一趟。我心想今天也无事，于是就驱车过去了。

姨妈挂职的医院是通州 ×× 医院，一个叫孙殿丽的护士长接待了我。寒暄了几句后，我问：“孙护士长，那病人到底啥情况啊？”

“我干护士二十五年了，头一回见这么离奇的事件。”孙殿丽啧啧称奇地说，“前几天的一个晚上，一个重伤者被送到了我们医院，因伤得太重，虽经抢救已无性命之忧，但却陷入了重度昏迷中。第二天下午，警察带着一男一女来到我们医院，那女的就是那名重伤者的母亲，而那男的是一个身份不明的人，据重伤者的母亲说，这名男子一大早就去她家闹事，怎么赶也赶不走，只好报警了。警察过来后，无意间发现她就是前一天车祸受伤者的母亲，于是顺道将她和那名闹事者一起带到了医院，警察正要将闹事者带走的时候，诡异的事情发生了，那名闹事者霍然说这名母亲认错人了，他才是她的儿子，而且身份就是此刻躺在床上的重伤者，并脱口而出重伤者母亲的许多私密事，其中包括他们家的银行卡密码。欧阳医生，你说离奇不离奇？”

“是有点玄乎，是不是那名男子无意中获知了伤者母亲的私密事啊？”

“当时我们也是这么想的，结果详细一问，更多关于伤者母亲家里的私密事从那名不明身份者嘴中说出来了，甚至很多是母子之间才会知道的私密事。”

“这倒是古怪得很呢。你们请我来这里就是为了研究这名身份不明的闹事者吧？”

“是的。一听他说出那么多私密事，惊呆了那名母亲和随行而来的警方，警方于是当即给他做了笔录。当时我也在场，听着那名身份不明的闹事者说着他的奇异经历，更是刷新了我的认知。”

“哦，孙护士长你当时也在场啊，那么肯定知道这件事的来龙去脉哦，能跟我说一说吗？”

“当然可以。”

第二章

警方在做笔录的时候，问那名闹事者为什么会知道那么多那名母亲家的家事，那名闹事者说，他也不知道为什么，那些答案像是早就在他脑海里似的，他下意识就说出来了。他还提到他也感到连日来的遭遇似乎有些不对劲，随后开始讲述他的奇异经历。

前一天的早上，天还是微微亮的时候，他就已经醒来了，下了床，拉开了窗子，迎着晨风深深地吸了一口新鲜空气，这是他多年的习惯，每天早上起来都要这么做一回。吸了几口后，他拿着洗漱用具准备上洗手间，自己房门拉开的同时，隔壁的房门也打开了，他扭头一看，正对上了邻居胡大帅，也端着个脸盆，看来今天又撞车了。

他冲着胡大帅笑了一下，正要招呼对方先用，胡大帅却微微一怔，随即缩回了身子，掩上了门。这家伙转性了，平常撞车都是抢着去的，今天居然让着我了，他一边洗漱，一边纳闷着。

一番折腾搞定后，他来到楼下，如常走到经常买早餐的小摊上，他对着摊主老马喊了句：“老三样！”

以往老马听他这么一说，立马就装好了袋，然而今天不知道为什么，有些迟钝了，先一愣，然后像什么也不知道似的，反问他："哪三样？"

他说："老三样啊，一杯豆浆、两个鸡蛋、一个肉夹馍啊！"

老马"哦"了一声，然后又问："是在这里吃还是打包？"

他骂道："打包啊，我去，老马你今天怎么了？还没睡醒啊，我向来都是打包走的啊？"

老马上下打量了他一眼，然后迅速地夹着他要的东西装入袋中，嘴里忙着道歉说："不好意思，不好意思，在这儿吃的人太多了，我没记下那么多人……"

他挖苦地说："我看你是发财了，不认识了吧。"

老马一副囧样说："您说笑了，小本买卖，挣不了几个钱。您小心点哦，有点烫。"说着，递上装好的东西。

由于老马不认人，搞得他心里极不爽，胃口也没有了。他走了几步，看到路边有个垃圾桶，于是将早餐狠狠地丢进去了，像是在丢老马一样，但仍有余恨，他扭头看向老马那摊位，正想朝那边啐上一口，此时老马也正看着他这边，似乎对他先前的话还有一些疑问，搔着后脑勺，一副很不解的模样，看那样子，倒不像是装的！

他不由得心下狐疑，难道老马当真不认识我，但是这怎么可能？这时他要坐的公交车来了，他没再多想，上了车。

当他抵达公司楼下已经是 8 点 50 分了，见电梯停在十八楼，不敢等下去，随即跑着走上了楼，好不容易跑到公司门口，一看还有一分钟就 9 点了，连忙找工作卡打卡，结果翻遍了全身也没找到卡片，难道是忘在住处了？他无奈地只好按了铃声，叫前台王薇薇帮他开门。

门开了，他走了进去，想到自己的座位上找找卡，结果往里面没走几步，王薇薇就叫住了他："喂，您好！请问您找谁？"

今天他已经够郁闷的了，现在连她也在捉弄他，不想再搭理她，他继续朝里面走，谁知，她走了过来拦住他，继续问："请问您找谁啊？我好去通报！"

见她再三戏弄，他心里面微微起火了说："干吗？你今天第一次来上班的吗？是我啊！走开走开，今天超忙，没空跟你玩！"

他移动身子想从她侧边走过去，谁知又被她拦住，她说："您先等等，先登记一下好吗？我真的不认识您！"

他抬起头瞪着她，生气地说："搞什么啊！我是陈猛啊，你们今天都怎么了，眼睛长到哪里去了？不认识人了吗？"

王薇薇打量着他，像是第一次见到他的样子，她说："我还真不认识您呢！您来我们公司有什么事吗？我们公司是不允许外人随便进来的，请您还是先登记一下！"

他们的争执声引起了坐在门口的同事张小彬的注意，他走了过来，他本以为张小彬会帮他制止王薇薇的闹剧，谁知张小彬立在他面前，颇为不悦地问他："你干吗啊，找谁啊？那么不懂规矩！不管你找谁，先登记再说！"

他见他们两个人合伙折腾他，火更大了，他说："我去，王薇薇、张小彬你们两个怎么了？今天可不是愚人节啊，搞什么飞机，我是陈猛啊！"

张小彬凶悍地说："切，你当我是瞎子啊，陈猛我认识，但是你我不认识，你到底来干吗的？先登记再说，不登记就出去！"

他心里不爽到了极点，他推搡着张小彬说："我去，我登记个鬼啊，老子就在这里上班。让开让开，我今天心情不好，别挡着我。"

张小彬回手反推了他一下，蛮横地说："出去出去，你有病吧，来这里胡闹，谁叫你过来的！"

王薇薇此时也开腔说："是啊，你是谁啊，你说你在这里上班，但是我们从来没见过你啊！"

他们二人都愣愣地看着他，一点也不像在耍他的样子，难道……他心里觉得有点不妙，耐心说："你们真的不认识我吗？我是陈猛啊，我们已经同事三年多了啊！"

他们都严肃地摇着头，他们的吵闹声已经惊动了整个公司的人，大家纷纷走了过来，他像见到救星一样忙向他们求救："老龙、老郭、老孙，王薇薇和张小彬他们吃错药了，他们居然不认识我啊，你们赶紧劝劝他们！"

谁知他们个个也像是第一次见到他似的，纷纷问他到底是谁，事情到了这个时候，他彻底傻眼了，要说是其他同事联合起来一起闹他，也说得通。公司的人打电话叫了保安，准备撵走他，事情都到这个份上了，他不想走也得走，只好乖乖地灰溜溜地离开了公司。

他怕撞到保安，下楼的时候，没敢坐电梯，走楼梯下了楼。一边走，一边想，今天这到底是怎么一回事，但是想破了脑袋也没想出个所以然来。

出了公司大厦，他觉得今天的事真的很憋屈也很诡异，他急需找个人倾诉一下，就想打电话找铁哥们儿黄海龙说一下今日的遭遇，结果摸遍了全身也没有找到手机，看来是忘记带了，好在他还记得号码，找了街头一个公用电话，插上公交卡，然后给黄海龙打电话，接通后，他叽里呱啦地说了起来，才刚刚说了两三句，黄海龙那边就惊奇地问他："你是谁啊？"

一听这话，他还以为自己打错电话了，忙看显示屏，是黄海龙的电话啊！但是他也有可能换号码了，于是他缓下口气问："您好，请问您是黄海龙吗？"

"是啊！"对方回答说。

他一听，心当场拔凉拔凉的了，难道连这小子也不认识我了？但仍不死心地问："我是陈猛，你难道不认识了吗？"

那边说："啊？听声音不像啊，靠，你到底是谁？"

"我真的是陈猛啊，前几天，我们还一起吃过饭呢！"

"吃你妈，狗日的，想骗我，你当老子是三岁小孩啊，你这种骗人的伎俩已经很落后了，滚开点，老子正忙，没闲工夫跟你瞎掰！"说完，他就挂断了。

听了这话，恍如晴天霹雳，他的身子止不住地颤抖了起来，难道大家都不认识我了？他又想起了早上胡大帅和老马的事，他们之所以会出现那样的表情和行为，难道也是……这一串联，他害怕了起来。

为了再次验证真假，他拨通了胡大帅和房东阿姨的电话，结果答案还是一样：压根不认识他。跟他认识的人并不多，除了公司的同事就剩下黄海龙、胡大帅和房东阿姨了，连他们都说不认识他，那么其他的人就更不认识他了！如今只有最后一例了，他翻出了老家的电话，犹豫着打还是不打，他真怕爸妈也说不认识他。

犹豫再三，他终于拨通了家里的电话，是他老妈接的电话，一听她熟悉的声音，想到今天的遭遇，他的眼泪就不由得掉了下来，谁知对方接下来的一句“我不认识你啊！”当场将他震住，他疯狂地在电话里说着：“妈，我是你儿子陈猛啊，你怎么会忘记我了呢！我是陈猛啊，陈猛啊……”

对方压根不信，满是怀疑口吻地在那边说：“我儿子是陈猛没错，但是听你的声音不像啊，你到底是谁啊？我真的不认识你，你打错电话了吧，你该不会想骗钱吧，我老人家虽然一把年纪了，可也不糊涂哦！”

“妈，我真是你儿子啊，为什么你们个个都不认识我了呢？这到底是怎么回事啊？！”

对方不客气地回答说：“谁知道呢，反正你不是我儿子，我不晓得你到底在搞什么鬼。好了好了，不要再演了，我不会上当的，拜拜！”

说完毫不犹豫地挂了电话，那嘟嘟的忙音听得他异常绝望，他脚一软，瘫倒在地，这他妈的，到底是怎么回事啊？他哀号了一声，只觉得天昏地转，犹如世界末日来临一般……

他不信，他死也不信，怎么会好端端的一个大活人一下子大家都不认识了呢，这又不是在拍电影，说没就没的事，难道他们联合起来在整我？今天是 4 月 1 日吗？他精神一振，爬了起来，忙看手机，上面显示的是：8 月 9 日，星期二。既然不是愚人节，那目前这个情况到底是怎么回事呢？

一觉醒来，所有的人都不认识他了，这只有在科幻电影里才会出现的桥段，他怎么也想不到这么狗血的剧情就出现在自己身上！思绪乱糟糟的，他真的迷糊了，通过这些人的再三验证，他开始有些绝望了，他不知道自己到底是谁，脑子里一团糨糊，突然他想到了最后一丝希望——回家。

他心想：最近这几天，我感冒了，声音有点嘶哑，而且用的是公用电话，或许就是这个原因，造成了老妈的误解，以为我是个骗子，我现在回去当面跟她说清楚，那么一切都会明了了，老妈肯定不会跟别人合伙忽悠我的！想到这里，他整个人顿时活了过来，他折回住处，来到停车场，他有一辆奥迪 A4。

然而，他在停车场找了一圈，也没找到他的车，他翻着口袋，也没找到他的车钥匙，于是心想，算了，不找了，反正家就在通州县城，离市区不是太远，他走了出来，打了个车，急速回家。

第三章

一路上出奇地顺利，他很快便回到了通州的明珠花园，老远看到自己家那栋白色的别墅，心头一热。他在别墅门口下了车，正巧看到管家杨大爷正在花园里剪着花枝，他拍着大门栅栏，高喊着："杨大爷，杨大爷，我回来啦，快开门！"

杨大爷扭头看了他一眼，一脸不解地走了过来，问："你找谁啊？"

一听这话，他的心顿时凉了半截，本来还期待着回到家后，有家人的证明，他就可以找到自我了，谁知道，还是老样子。他急忙分辩，可没有一点效果，杨大爷不但不认他，还威胁他再不走就放狗咬他了。

此刻他的心早已崩溃了，他带着哭腔说着："杨大爷，我真的是陈猛啊，今天我也不知道为什么大家都仿佛不认识我似的。我真的是陈猛啊，你快开门让我进去，我要见我妈，呜呜呜……"说到最后的时候，他终于忍不住哭了起来。

"我还以为是个混子呢，原来是个疯子，走开走开，要哭到别的地方哭去……"杨大爷边说着，边挥着大剪刀，恐吓着继续说，

"你再不走，老子要放狗咬你了！"

他自然不为所动，杨大爷骂了一句，随后大喊着："金刚狼、威震天出来！"话音一落，一黄一白两条混血大狼狗嚎叫着蹦了出来。

这两条狼狗冲着他狂哮不止，似乎早已忘了他这个自小养大它们，并为它们取名"金刚狼"和"威震天"的主人，他的心拔凉拔凉的，这一刻，死的心都有了。他想算了吧，既然大家都不认我，不如就这样死了罢了。

就在这时，他妈似乎听到外面的动静，从二楼探出头来，她大声问杨大爷："老杨，怎么回事？"

他听到她的声音，当即心情一振，忙呼喊道："妈，是我，猛猛，你快下来啊，老杨要放狗咬我了！"

杨大爷回答说："夫人，别理他，他是疯子，我正准备放狗赶走他！"

他妈心肠很好，忙跟杨大爷说："你先等下，我下来看看。"

听到老妈要下来看看，他心中灭绝的希望又燃烧了起来，他凑到大门栅栏上，将头发尽量都弄到脑后去，让老妈好看到他的全脸。谁知老妈瞟了他一眼后，就冷冷地问："你到底是谁？来这里做什么？"

他见老妈也不认他了，歇斯底里地喊道："我是猛猛啊，妈，你怎么也不认识我啊，我是陈猛啊！"

他妈脸色一变，有些生气地说："我记得你的声音，你就是早上打电话那个骗子，好啊，你胆子够大的，竟然敢找上门来了，你走不走？不走，我报警了啊！”

他肝肠寸断，早已泣不成声，他冲着老妈喊着：“妈，你怎么也不认识我了啊。天哪，我到底做错了什么啊，为什么会这样子啊……我真的是陈猛啊……”

杨大爷不耐烦地说：“夫人，少跟这疯子啰唆，您让开一点，我放狗去咬死他！”说着就要招呼早已虎视眈眈，恨不得上来将他撕成碎片的金刚狼和威震天。

他妈眉头一皱，看了他一眼，拦住了杨大爷，叹了一口气说：“算了，老杨，报警好了！”

杨大爷应了一声，掏出手机报了警。很快警察就过来了，他们问清了缘由，二话没说，将他拷了起来，他一直挣扎着，嘴里喊着“我是陈猛，我是陈猛”。可他们一点也不信，也不听他说话，直接推着他上了警车。

警察们正要上车关门的时候，其中一个矮个警察突然问另外一个稍微年长一点的警察说：“咦，老李，‘陈猛’这个名字有点耳熟呀，今早上头不是要我们为一个叫‘陈猛’的患者寻找家人吗？”

那个叫“老李”的警察回答说：“是哦，有这么一回事。”

那个矮个警察扭头看着他妈，问道：“请问你是不是有个儿子叫‘陈猛’啊，中等身材，脸白白净净的，留着个平头，开着一辆奥迪 A4。”

他一听说，猛点头，然而这个警察连看都没看他。

他妈一愣，回答说："是啊，我儿子就是那个样子，他怎么了？"

那个矮个警察说："那我得告诉你一个不幸的消息，你的儿子昨天在通燕高速那边出了车祸，现在正在通州 ×× 医院治疗。"

他妈"啊"了一声，当场花容失色，吓了一大跳，忙问："怎么会这样，我儿子要不要紧啊，你能带我过去看看吗？怎么会这样……"

那个矮个警察说："听说还在昏迷不醒中，具体情况我也不大清楚。你上来吧，我带你去看看。"

他妈跟杨大爷交代了一下，忙上了车。警车一拐，上了路。

第四章

他听到这里，心里异常惊讶："我明明就在这里，这个警察为什么说我出了车祸，难道这一切都是警察搞的鬼？"想到这里，他急了起来，要真是警察暗中搞鬼，那眼下他们等于是羊入虎口！他手被拷着了，什么也做不了，只好频频向老妈使眼色，但坐在前面的老妈早已哭成了泪人，压根就没回头看他一眼。

他就在这种心急如焚的状态下，跟着他们来到了通州 ×× 医院。警察带着他和他妈进入了一间急诊室里，他妈一见躺在病床上尚在昏迷状态中、脸白得像蜡纸一样的年轻人就扑了过去，喊了一声“猛猛”后，眼泪便如断了线的珠子一样，哗的一下都掉了下来，看得他是丈二和尚——摸不着头脑，她的儿子我好好地就在她身边，她为什么抱着一个陌生人在痛哭呢。

他妈抱着那个年轻人问一旁的医生：“医生，我的儿子怎么样了？他没什么吧？您一定要救救他啊，不管花多少钱，我都愿意，只要能救他……”

医生搓搓手，有些棘手地说：“您是他的母亲吧，您儿子的命抢救倒是抢救过来了，但是车祸严重损害了他的大脑皮层功能，让他处于不可逆的深昏迷状态，丧失意识活动，成了‘植物状态’，苏醒的可能性不大，您要做好这个准备。”

他妈泪眼婆娑，好不容易止住泪水，她扭头问那个随行来的矮个警察说：“我儿子怎么会出车祸，您能告诉我怎么回事吗？”

那个矮个警察清了清嗓子说：“具体处理这起事故的人不是我，是通州一个张姓交警，据他说，他昨晚接到一个报警电话，随即去了通燕高速那边，发现了您的儿子躺在车厢里里奄奄一息，于是叫了救护车送到了医院。我们的同事随后赶往了现场勘查，初步认为拐弯的时候，车速太快，方向盘没有打过来，于是车撞上了防护栏……没在车上发现可以证明身份的资料，根据汽车上的发动机号码，查询到的是另外一个住址，我们今天去过了，发现那地方早没人住，正准备在电视、电台和网络发布消息，寻找知情者，结果我们无意中找到了你！”

他这时反应过来了，经过种种挫折，他已经知道张口叫妈闭口叫妈于事无补，要想证明自己，就得拿出证据，他跟老妈说：“妈，我也不知道到底怎么回事你不认我了，但我真的是你的儿子，我的名字原来叫‘陈孟’，由来是我爸姓陈，你姓孟，但我的身体一直不是太好，很弱，你希望我能威猛起来，所以将我的名字改成了‘陈猛’；你有一张银行卡的密码是198185，意思是1981年8月5日，那一天是你和我爸相遇的日子；我爸有个怪癖，喜欢闻臭臭的东西，每天晚上都要闻一阵子你的脚臭和内裤方才睡觉……”

闻言，他妈当场被震住了，她失声叫出：“你……你……你是怎么知道的？！”

说到这里，孙殿丽跟我说：“听到这里，相信你已经知道‘他’并非陈猛，但是他知道陈猛家一些不为人知的私密事，在后面的对话中，他又说出来一大串，这些私密事有些仅限于两人之间的秘密，然而他却信手拈来，好像自己就是当事人一般，也就难怪他自称是‘陈猛’了。”

“嗯，那后面呢？”我问。

“两位警察对他进行了一些简单的问话，但是徒劳无功，他身上没有可以证明身份的东西，而他本人完全进入的是‘陈猛’这个人的状态，没有一丝他自己的记忆。陈猛爸妈也再三跟他说明他们并不是他的父母，他们真正的儿子出了车祸，目前正躺在医院里，处于深度昏迷状态中。经过了这一天的碰壁，那名男子本人也已知道事情有些不对劲，他双眼茫然地看着警察和陈猛妈等人，问那他到底是谁呢？当事人出了车祸，陷入深度昏迷，另一个不相干的人却拥有了他的记忆，这只有穿越小说里才有的桥段，竟然真实地出现在了现实当中，说出去任谁也不会相信！这么干耗着也不是个事。警察拍了他的照片，又采了他的指纹，说回去调查一下他的真实身份，然后就走了。”

孙殿丽说完整个事情的前因后果后，跟我说：“事情大概就是这样子，这么玄乎的事情，我们医院也是第一次遇到呢。警察走了之后，我们对他进行了简单询问，发现他脑子并不是太灵光，自己的记忆全无，而陈猛的记忆也是断断续续，断片非常严重。于是，我们医院让陈猛妈在保护隐私的前提下，出了十五道比较私密的问题叫那名男子作答，结果他答对了十道！”说着，她从档案袋里抽出一份资料递给我。

我接过来看了一下，上面是“爸爸妈妈的生日是哪一天？”“姥姥是哪天去世的？”“我们家养的第一条狗的名字叫什么？”等诸类问题，问题的确比较私密，若不是当事人的话，我想外人很难知晓。我说：“十五道题，答对了十道，正确率很高啊，已经是三分之二了，很难用巧合来说明问题了。对了，除了这个，咱们医院还做了什么？”

“随后我们又给他从头到脚做了一个深度的检查，CT 上显示他脑子里有瘀血，脑电图数据也有些异常，全身则有多处轻微擦伤，且都是新伤，从伤情推断应该是前一天伤的。由此可见，他应该是前一天受了什么伤，伤虽然不是很严重，但是大脑受到了外界剧烈的碰撞，造成了脑积血，血块压住部分记忆神经导致了失忆，应该是属于‘短暂性失忆症’。”孙殿丽拿出那名男子的 CT 片交给我，紧跟着又说，“不过问题又来了，就算是失忆症中最严重的‘解离性人格疾患’也不会出现像他这种离奇的事情：自己的记忆一点都没有了，拥有的是真实存在的另外一个人的记忆。”

我看了看 CT 片，上面确实如她所说显示那名男子脑里有瘀血，对于她最后那个问题，我也深有同感：“是啊，患有‘解离性人格疾患’的患者通常有两种以上的人格，在不同的时期某一个人格会成为主要的人格，而且彼此忽略，一个人格出现时，另一个人格就隐没不见。两个人格有各自的记忆、情绪、行为模式、态度等，而且差异通常很大，好像两个灵魂住在同一个躯体上。他明显跟这个症状不符。”

“是啊，我们医院本想给他动个开颅手术，将他脑部瘀血给清除再看看，但这种手术还是有一定的风险，没有病人家属签字，我们也不敢给他做。这两天开了一些化瘀血的药给他吃。而警方上次给他做完笔录后，说要查证他的真实身份，但是已经过去好几天了，一点消息也没有。本来我们医院打算不再管他了，但是陈猛妈听他说了这么多关于陈家的事，猜想会不会是自己儿子陈猛的灵魂附在了这名男子身上，阔气地出了一笔钱，拜托我们医院想尽一切办法查实。唉，可怜天下父母心啊。听陈猛的主治医生说，陈猛恐怕这辈子也醒不来了……如果附身之说是真的，对于她来说，好歹也算是一种安慰……”孙殿丽感叹了一下，继续说，“所以我们想到了赵老师，或许她有什么办法，于是打电话想请她过来帮忙看看，结果她人在国外回不来，好在她推荐了你过来。欧阳医生，这事就拜托你了啊。”

“哪里，哪里，我尽力而为。”这话我一点都没瞎掰，听她说了这么多，我心里一点把握都没有。我问，“那名男子现在在哪儿呢？我想见见他。”

“他跟陈猛父母以及陈猛，都在我们医院特殊 VIP 病房里，我现在带你去看看。”孙殿丽笑了笑，接着说，“这个陈家好像挺有钱的，据说陈猛爸是一家上市公司的老总，家产上亿。陈猛妈以前是个模特，嫁给陈猛爸之后，做起了少奶奶。二人膝下只有独子陈猛，陈猛爸本意让儿子进自己的公司，以后子承父业，但是陈猛志不在此，而是根据爱好选了一家文化公司去上班，不想出了这种事……”

说话间，孙殿丽带我来到了一个特殊的病房里，分里外三间房，在外间的房间里，我见到了陈猛父母和那名男子。陈猛父母坐在靠近左里间房门口处，他们夫妻俩穿着讲究，男的国字脸，不怒而威，一看就知道是个很有手腕的人物，女的端庄艳丽，保养得很好，看不出具体年龄。

二人都一脸忧伤，并不时地窃窃私语，偶尔抬头看看坐在靠窗的那名男子。而那男子与躺在左里间病床上昏迷不醒的陈猛形成了强烈的对比，前者身材高大，英气逼人，后者白白净净，小鲜肉一枚。

右里间是个办公室，看到这里，我心里一动……

第五章

在孙殿丽简单地把我们相互介绍之后，我对陈猛父母等人说："孙护士长已经把情况告诉我了，相关资料我也看了，说实在的，事情的确有些匪夷所思。其他废话我就不多说了，我想先跟三位单独谈谈，可以吗？"

三人都点了点头。

我看了看陈猛父母说："要不先从二位开始吧。"说完，就请他们进了右里间的办公室里。

"我知道发生了这样的事情，二位心里都很难受，你们注意点身体，多多保重。"待二人坐定之后，我先安慰了一句，然后说，"你们儿子的情况，我听孙护士长提过，她们这家医院主要是中医，我想你们可以请外面的脑科专家过来再看看。现在科技如此发达，我想他苏醒过来的可能性还是有的。"

“嗯，我们也是这么想的，正在联系其他医院的专家。”陈猛妈说。

“陈猛的朋友多吗？外面那个男的，可是他的朋友？”

“我们家猛猛的朋友我们都认识，我从来没见过外面那个男的，我想他应该不是猛猛的朋友。”陈猛妈说完，扭头看着陈猛爸问，“他爸，是不是啊？！”

“是。”陈猛爸点了点头。

“哦，陈猛有没有记笔记的习惯，比如将一些难忘的事情记录在记事本里或者电脑里？”

“没有。他最讨厌写日记了，从小就这样。”陈猛妈摇头，然后肯定地说，“医生，我知道你问我们这些的原因，是想确定我家猛猛有没有可能将一些重要的事情告诉他的朋友或者记在笔记里。这两天我和他爸也反复讨论过，这些绝对是不可能的，我们了解他。”

“嗯，确实是这样。”我微笑了一下说，“既然不是这两个渠道泄露出去的话，目前从种种情况来看，你儿子的记忆为什么会转到外面这名陌生男子身上，应该是与前几天那场车祸有关。对了，警方对于车祸可曾有什么新的进展？”

“没有，还是最开始的结论，处理事故的交警说，是车速太快，方向盘没有打过来，车撞上了防护栏……车祸现场并没有摄像头，只能凭现场痕迹做出判断。”

“哦。”

陈猛妈说："医生，有没有这种可能啊，我儿子出了车祸后，他的灵魂离开了肉体，然后附在了外面这个男子的身上啊？电视里不是经常这么演的吗，这叫'夺舍'。"

我一笑说："我认为这种说法属于无稽之谈，没有科学根据。"

陈猛妈盯着我问："如果不是这样子的话，那到底是怎么一回事呢？"

"我也不大清楚。"我坦白地说，"不过我想只要知道外面这名男子的真正身份后，问题将会迎刃而解。"

"关于这点，我们也问过警方，但是目前好像一无所获，这男子好像是凭空出现似的，连警方也查不到他的真实身份，真是怪哉！"陈猛妈觉得有些难以置信。

"估计再过几天就会有了。好了，感谢二位配合。我和外面那位再聊聊，看看能不能有什么发现。"

说完，我将他们夫妻俩送了出去，招呼那名男子进来。

他一进来，我就问："最近这两天有什么感觉？"

"脑子里乱糟糟的，有时候很混沌，有时候很清晰，但更多时候是伴随着疼痛。"男子回答后，迫不及待地问我，"医生，我这是什么情况啊，为什么我会有其他人的记忆？我到底是谁啊？"

咳，都是迫不及待的主啊。我直言道："目前来看，我也不知道。不过如果你好好想想或许有新的发现哦。"

"你想要我想啥？"

“你能告诉我，你能想起最近的那天发生了什么吗？”

“这个问题医院其他医生问过我多次了，我真的什么也不记得了，只记得七天前一觉醒来去上班，结果谁都不认识我了。”

“那关于陈猛的记忆你为什么信手拈来呢？”

“我也不知道，反正他们问的时候，这些答案像是突然闪出来似的。”

“好吧，我想给你做个深度催眠，不知道你可不可以配合我一下。”

“可以。”

“那我们开始。”我用稳定、低沉的声调开始从容地发声，“现在，把你的身体调整到最舒服的姿势。把眼睛闭上，慢慢放松，放松，再放松，让自己好像已经置身于一个奇妙的世界，四周很静，也很舒服，仿佛远离了世俗，现在你一边深呼吸，一边聆听我的引导，放松你的头皮……放松下巴的肌肉……放松你的脖子……放松你的左腿……每一次你呼吸的时候，你会感觉自己更放松、更舒服……”

进行到这里，我观察到他脸上的表情变得很安详，呼吸变得比较轻微，手臂、手腕、手指头非常放松，可以知道他至少已经进入轻度催眠状态了。

我问：“现在，你的身体与心情感觉怎么样？”

他用微弱的声音慢慢说：“身体——很轻松——心情——很——愉悦——”这是明显的被催眠的征兆，声音开始变小，说话略微有些难度。

我继续催眠说："现在想象你此刻正站在楼梯上准备向下走，这个楼梯共有十级，我会引导你一级一级向下走，每往下走一级，你就会进入更深的催眠状态，当你走到楼梯底下的地下室时，你就会进入平常觉察不到的潜意识，想起很多重要的记忆。好了，现在开始向下走到第一级阶梯，你的身心更放松了……继续往下走到第三级阶梯，你的脑海越发平静了……继续往下走到第六级阶梯，你感到从未有过的轻松快乐……现在已经到了第十级阶梯，你整个人已经完全彻底放松了，你非常喜欢这种感觉。好了，你走入地下室……现在你看到一团白光，现在我会慢慢从 1 数到 3，当我数到 3 的时候，你的潜意识会自动引导你回到过去某一段时光，也许是你的童年，也许是最近的时候，总之，潜意识会自动引导你。当我数到 3 的时候，无论你看到什么，想到什么，都请你像记者在现场实况转播一样，把它说出来。"

然后我就慢慢从 1 数到 3，并且观察他的表情变化。当我数到 3 的时候，他的两个眼球突然骨碌碌地转动起来，接着双手握拳，脸开始抽搐起来。

我问："你看到了什么？"

"天，好黑好黑……车……车……速度好快……我想控制住方向盘……但是怎么都够不着……啊！！！就要撞上前面的防护栏了……"说着身体剧烈地动了起来，似乎此刻就身处一辆失控的车上。

他这种情况是很危险的，我忙解除催眠："现在，你感觉到自己开始向上飘浮，慢慢往上飘，当我数到3的时候，你就会睁开眼睛，回到现实中，一二三！醒来！"

话音刚落，他就大汗淋漓地醒了过来。清醒过来后，他看自己浑身是汗，好奇地问我："医生，刚才我怎么了？"

"你刚刚进入了车祸现场，我想陈猛车祸的时候，你当时也在现场。"

他晃着脑袋说："是吗？我怎么一点印象都没有？"

"因为你大脑里的瘀血压住了你的神经，所以这段记忆被封存了起来。"我顿了一下，继续说，"根据目前的情况来看，我觉得造成你记忆错乱或者说暂时性失忆跟陈猛那场车祸有莫大的关系，你根据医院的医嘱，按时吃药吧，脑瘀血排尽之后，我想你应该能想起来所有的一切。"

"好吧，反正都这样了，也不急着这一时。"

结束谈话后，我和他出了右里间的办公室，我跟陈猛父母告别，朝着孙殿丽使了个眼色，孙殿丽会意地跟在了我的后面。

出了病房后，孙殿丽问我："欧阳医生，怎么样？"

"看来是没办法完成你们的委托。"我直言说道，"那名男子应该可以确诊是患了'短暂性失忆'，本来我想借助催眠，让他想起来，但是以失败告终。不过也不是没有成效，通过催眠我可以肯定，陈猛车祸之时，他也在现场，至于他为什么会有陈猛的记忆，说真的，我也不知道，但是我想只要得知了他的真实身份的话，那么应该能破解这个谜团。”

孙殿丽说：“看来只有等警方那边的消息啦。”

“是的，就目前而言，他的真实身份是揭开所有谜团的关键点。”

“好的，我会将你的诊断告诉我们领导的。谢谢你啊，欧阳医生。”

“别客气，也没帮上什么忙。”

说完，我就走了。

在回家的路上，我立马打了个电话给国外的姨妈，简单说了一下情况。她的看法跟我差不多，也觉得要想揭开谜团，那名男子的真实身份是关键。她叮嘱我多关注后续情况，一旦有新的进展随时向她汇报，看来她对她挂职的医院还蛮重视的嘛。

第六章

我原以为警方很快就会将那名男子的真正身份查证出来，结果等了大半月也无动静，后来一问才知道，警方拿着他的照片和指纹回去核对数据库，但是没有任何匹配的对象，然后制作了寻人启事借助电视、电台和网络寻找知情者，然而数周过去了，仍一无所获，这真是咄咄怪事。

警方也觉得一筹莫展，按照以往的经验，像这种找人的方式，不出三天就会有消息。

警方那边迟迟无消息，那名男子的身份也没办法确定，这件事里最苦逼的人要属陈猛爸妈，他们二位都是老来得子。独生子成了植物人后，他们可没少花钱，请了许多精神、心理、脑科领域的专家过来治疗，然而进展缓慢，夫妻俩以泪洗面，日夜守候在儿子的床边，握着他的手，说着过往的事情，期盼着能唤醒他。

天下没有不透风的墙，很快，陈猛的离奇事件被冠以“借尸还魂”的新闻报道出来了，一时之间，满城风雨，大家议论纷纷，说啥的都有，有人将它跟“朱秀华借尸还魂”相提并论；有人说它正好证明了灵魂的存在；也有人怀疑那名男子是个外星人。

记者、灵异事件爱好者络绎不绝地前往通州 ×× 医院打听情况，弄得医院鸡飞狗跳，不得安宁，最后不得不贴出告示严禁采访，方才清静下来。在这期间媒体也找过我，我尚且还在云里雾里，只能以无可奉告打发了。

姨妈回国后，也曾亲自去医院诊治过那名男子，但是未有新的发现。转眼两个月过去了，警方那边依然没有进展，陈猛这边尽管中医、西医、电疗、化疗轮番用上也不见有好转的迹象。

陈猛爸妈开始陷入了绝望，而“陈猛”也无进展，依然还是老样子，他每天都在陈猛爸妈身边环绕，虽然没有再开口喊妈叫爹，可左一句“陈猛妈，您胃不好，太凉的东西，您就别吃了”，右一句“陈猛爸，您少喝点酒，您肝不好”，两人心里可别提是什么滋味了。

某天晚上，夫妻俩凑在陈猛床头商量着，陈猛爸说：“咱们的猛猛看来是没机会苏醒了，这个人虽然长得不如儿子帅气高大，但有他的记忆，人也乖巧，不如就认这个人做咱们的干儿子吧。”

陈猛妈说：“我也正有此意，你别说我迷信，我是真的相信，咱们的儿子车祸后，灵魂附在了这个人的身上，不然他咋会知道咱们家那么多事！他就是我的儿子！”

两人一拍即合，第二天宣布认“陈猛”为干儿子。陈猛爸在京城也算是有头有脸的人物，是两大上市公司的董事长，这样的大事，自然少不了大肆张罗一下，计划一周后在悦来酒楼摆个喜宴庆祝庆祝。然而没过两天，警方那边传来的消息打乱了他的计划。

警方终于核对上了“陈猛”的真实身份了！说起来也算巧，一天前，警方无意中逮捕了一名小偷，由于金额不大，平常对于这类人主要是以教育为主，关押几天也就放了，但这小偷是个惯偷，已经有数次犯在警方手上了，若不严惩，恐有失法律威严，警方打算这次判他个一年半载，让他吸取教训，结果小偷说要戴罪立功，他指着审讯室墙壁上“陈猛”的照片说，他认识这个人。就这样，“陈猛”的身份被确认了。

“陈猛”真名叫王墨，今年 26 岁，辽宁沈阳人，是个无业游民，曾经跟惯偷联手偷过东西。惯偷带着警方来到了王墨暂居的一栋烂尾楼里，让警方大吃一惊的是，在这里除了找到确定王墨身份的资料，还发现了一些陈猛的照片和他的生活轨迹记录，比如他的身份、他的住处、他的公司、他的车、他的上下班路线图等，将这些信息跟两个月前陈猛发生的车祸一联系，警方知道事情肯定不是那么简单。

警方重新调查了陈猛车祸一案，更多的疑点浮出水面，在陈猛身上发现了王墨的指纹，在受损的车辆上发现了打斗的痕迹，在车祸现场发现了王墨的脚印……众多证据串联起来，一起有预谋的杀人抢车案件勾勒了出来——

王墨不知道何时盯上了陈猛这个富家公子，从微博、微信、QQ等社交平台上获知了他大量的生活轨迹、人际交往、工作兴趣等信息，有些甚至是不为人知的秘密，他酝酿了数月决定实施抢劫。

案发当天，陈猛像往常一样，下班后开车回家，在路上遇到了王墨，王墨不知道用何说辞，骗上了车，当车辆行驶到一偏僻的地方，王墨戴上手套开始动手，陈猛奋起抵抗，两人打斗中，车撞上了防护栏，两人被撞昏死过去了。没过多久，王墨就醒过来了，他受了伤，脑子有点混沌，见陈猛头部全是血，以为他死了，吓了一大跳，抢走了他的钱包，跌跌撞撞地往外走。

结果没走多远，脚一绊，摔倒在地，又磕到了脑袋，本来他意识就不大清楚，这下更迷糊了，感觉什么都不记得了，他坐在地上想了半天才终于想起来，也就是在这个时候，他错认了身份，将深入了解的抢劫对象陈猛当成了自己，然后回到了陈猛的租房里。

虽然睡了一晚上，但是他的意识依然尚未恢复自我，于是才有了第二天“所有人都不认识我”的闹剧，并由此引发了“陈猛借尸还魂”事件。

真相大白，事情算是告一段落。可是对于王墨涉嫌抢劫罪如何判决成了警方头疼的事，因为王墨还没恢复本来人格，依然还是“陈猛”状态，只好暂时将他安排在精神病院进行治疗。

三年后，我听说他已经开始想起来自己的本来人格，从他的口供中，验证了先前警方依据各项证据对他推断出来的犯罪事实。后来他因涉嫌抢劫绑架罪，被判入狱二十年。

至此，三年前闹得沸沸扬扬的“陈猛借尸还魂”事件画上了句号。

NO. 13

一个身体里住着三个灵魂

案例编号：120151120

姓名	梁迪	职业	市场推广专员
性别	男	婚姻	未婚
年龄	32	住址	北京朝阳区
症状情况	一般的双重人格分裂症，几乎意识不到另一方的存在，但他的那两种人格，不但人格记忆和行为有相重叠之处，而且二者竟然相互交融在一起		
治疗结果	成功		

第一章

多重人格，即分裂性认同障碍。正常来说，一个人不管在任何时候都只有一个人格身份，但是因为种种原因，有些人会在不同的时期裂变成不同的人格身份。我现在要讲的是此类的典型，并且还是一个非常罕见的案例。

曾经有一阵子，张哥老不在办公室，频频外出，给他打电话，却时常打不通，就算通了，也是很匆忙地聊了几句后就挂了电话。我问安翠芳，她也不知道。有一天，我好不容易逮住了回办公室拿资料的他，一把拉住他说："最近你咋回事，莫非有新欢了，为什么老见不到你啊？"

"哟，小子，哥我几天不在，想我了吧。"张哥嘿嘿笑着说。

我笑骂说："想你妹，老实交代，最近忙啥呢？整天不见踪影！"

“不可说，不可说。”他还故作神秘样，气得我想掐死他。

“我去，还这么神秘，是不是有个很大的心理案件啊？快告诉我。”我猜肯定有什么大案件。

“是的，不过告诉你是有条件的！”张哥瞟了我一眼，嘴角开始上扬。

“啥条件？”说完后，我就开始后悔了！

张哥奸笑说：“一个月早餐，你亲手做的。”

“我去，又来，今年我已经被你敲了大半年的竹杠了。大哥，你能不能换个条件啊？”又是早餐，我真想抽他。

“可以，从明天开始你搬到我那里住，帮我打扫卫生，洗衣做饭半个月如何？”张哥笑得更邪恶了。

“我去，你现在当我是你妈啊？！好吧，一个月早餐，快说！”二选一还是早餐划算，我同意帮他带一个月的早餐。

“嘿，看在你如此诚心的份儿上，好吧，哥哥我告诉你。”张哥油嘴滑舌地说，“前阵子发生的那起连环杀人案，你还记得吧。”

“知道啊，凶手不是已经投案自首了吗？听说是个精神分裂症患者。”

“是的，警方邀请我们正在研究这名犯罪嫌疑人。”

“研究？为什么要研究？不就是精神分裂吗？”我心一动说，“莫非犯罪嫌疑人患的不是常见的精神分裂？”

“是的！”

“快跟我说说。”

“我现在急着要赶去精神病院呢，你要不跟我一起去？”说着，张哥递给我一个档案袋说，“这是犯罪嫌疑人的日记残片和警方提供的刑侦记录，你可以在路上看。”

“好啊。”我接过档案袋，跟着张哥前往精神病院。

在车上，我打开了档案袋，里面有一些大脑CT片、病例记录以及日记残片和刑侦笔录等复印件。我迫不及待地抽出日记残片和刑侦笔记，快速地看了起来：

9月1日　晴

坐上广州飞往北京的直航飞机，我刚闭上眼睛一小会儿就被人摇醒，实在是令我很恼火，刚要发怒，那个上飞机时引导我入座的空中小姐说：“先生，您该下飞机了。”

“你在开玩笑吧？我刚上飞机！”

“先生，我们已经抵达北京首都国际机场了。乘客都已经走了，就剩您了。”她眼神里流露出的是一种忽然见到外星人时的奇异目光。

我伸长脖子越过座椅靠背四下张望了一番。果然，除了不远处有一个正在整理垃圾的空姐之外，一个乘客也没有。我匆匆下飞机的时候，听到她正在背后跟那个搞卫生的空姐嘀咕着什么。

挤上回家的公共汽车，我一手拽着拉手，一只胳膊夹着公文包，摇摇晃晃间，我想偷空再睡会儿，却被面前坐着的一对狗男女打搅了我的眼睛。

那满脸胡子拉碴的男子的嘴似乎长在了长发女的耳朵上，叽叽歪歪不知道在说些什么，长发女只是一个劲在笑，乌黑的秀发像随风柳叶一样轻撩着男子的脸颊。忽然那笑声变成了“哦、哦！啊、哈！”的呻吟声，仿佛很是享受。

我定睛再看，顿时背上冒出一溜冷汗！那胡楂男正在一点点咬长发女的耳朵！咬着咬着还使劲往外扯，整个耳朵连皮带肉被扯了下来，原来耳朵的位置只剩下一个酱红色的血窟窿。

外翻的脸皮往下耷拉着，滴着血，里面露出鲜红的肌肉组织。长发女紧闭着眼张着大嘴浑身在抽搐，似乎想叫又叫不出声来。

胡楂男很享受地在咀嚼着，发出咔咔的咬脆骨的声音，忽然齿间挤出一条细血柱直向我腰间射过来！我想躲几乎不可能，因为车上左左右右挤满了人。眼看着血飞溅到了我的裤子上。

“你们、你们……”我左右扭头惊慌地望向身边的其他乘客，希望寻求到帮助。

车上有人在咬人！在吃人哪！！！我真想大声叫喊，可车上的乘客们要么闭着眼打着盹，要么两眼无神地望着窗外移动的街景，个个都在随着车的起伏前后左右地摇晃着。竟然没有一个人发现有人在咬人？！

我再扭头看时，胡楂男已经吃完了那只耳朵，更可怕的是似乎发现了我，恶狠狠地瞪了我一眼，露出白森森带血的牙！我立即浑身一哆嗦，紧紧将公文包搂在了怀里，随时做好反抗的准备。然而胡楂男并没有向我进攻，而是扭过头，满是鲜血的嘴又继续堵在了长发女耳朵位置的那个血窟窿上，仿佛在耳语一般。可是我看得很清楚，胡楂男那是正在……他正在……

我胃里一阵翻腾，直想吐。车一到站，我就疯狂地挤下了车，弓着腰在路沿上干咳着、大口喘着气。

大白天公共汽车上怎么会有这种事?！说给谁听谁也不会相信！但这的的确确不是在拍戏，它就活生生地发生在我眼皮底下！我都快疯了！这是什么世道！

回到家，掏出钥匙开门时，我的情绪已经稳定下来了。安慰可能是自己工作太疲劳，当时有点眼花看错了，只是幻觉而已，要不怎么可能面对那血淋淋的场面整车人都没反应？怎么可能有人吃人的事呢？那都是电视电影里瞎扯的。

我倒了杯水，躺倒在沙发里，眯了一小会儿。然后翻看着摆在桌上这些天来塞满邮箱的那些信件。照例都是些广告之类的垃圾邮件。我正要汇拢来一把扯碎扔进纸篓里，眼角的余光忽然瞥见有一张信封上赫然写着我的名字——广告信通常是不会有收件人姓名的。

我拿起来仔细一看，的的确确是我的名字——李大伟。可奇怪的是，上面除了我的名字外，既没有收件人地址，也没有寄信人地址，甚至连邮戳都没有。

我很好奇地飞快打开信封，抽出的是一张便条似的纸。只见上面贴着几行大概从报刊杂志上剪下来的字：“斩碎胡楂男，奸杀长发女，得奖金一万元。否则，罚！”

看完这几行字，我立刻感到头皮发麻，双手发抖，便条信几乎从我手里飞出去。我愣了半晌，突然从沙发里蹦了起来，冲向房门，反锁、插上门闩、用凳子顶上。然后牢牢关上窗，拉上窗帘！所有的煤气阀门、卫生间热水器水龙头全被我死死拧紧，房间所有的灯全部关闭，电视机、音响的电源全拔掉！

我躲在一个黑暗的角落里，像个受了惊吓的老鼠警惕地四处张望猫的踪迹。

是不是投错地址了？还是谁在搞恶作剧？不可能、不可能！上面明明是我的名字。在北京我一个朋友也没有，生日也早过了。公司同事没有一个人知道我的住址！常年出差，邻居我也不认识一个！房东半年才见一次，她也不可能无聊到这种地步。再说，谁也不可能知道胡楂男和长发女的事呀！

难道有人在跟踪我、监视我？并且比我先到家？到底是谁留下的信？难道有鬼？！我弹弓一样跳起来，疯狂地将所有的灯都打开，电视、音响全插上，音量开到最大。

我最终还是冷静了下来，这个世界不可能有鬼。我拿着信，开门走了出去。我搬来这里住了一年多，第一次鼓起勇气敲响了邻居的门。

半开的门里探出来的是个五十来岁老太太的脸，我的突然造访似乎打搅了她。在幽暗阴森的廊灯下，她愤恨地望着我。我满含歉意和恭敬地自我介绍一番后，提出让她帮我个忙。我说我视力不好，眼镜打碎了还没来得及去配，想让她帮着看看信上写的是什么。

她脸上毫无表情地读完上面的字，我很诧异她读到里面的内容时会如此镇定。我差点怀疑是她留的信，当然这不可能。就算她事先知道我的名字，但她肯定不会认识胡楂男。

回到自己屋里，我满脑子里晃动的是昏黄的灯光下老太太那张扭曲苍老的脸和回响着她那沙哑的嗓音："斩碎胡楂男、男、男，奸杀长发女、女、女……"

通过邻居刘老太太我确定了一件事，这绝对不是在做梦。我反而镇定下来，管他是谁留的信，我现在最重要的是睡个好觉，明天一早去公司向老板汇报这次销售和回款情况。再说，就算我真要去杀那对狗男女，才见过一面，让我上哪里找他们去呀?!

9月2日　晴转多云

今天我起晚了，匆匆带好销售资料往公司赶，幸好还能赶上早上的例会。各地区销售代表汇报完近期的业绩后，老板照例给予大家一番鼓励和训诫。散会后，销售代表们纷纷赶往财务处核对销售账目或者汇转销售款项。

销售款项我回来之前已经汇到公司账上，我犯不着凑那个热闹急着去对账以便早点拿到业务提成金。

我正在办公室跟大家聊着这次广州之行的所见所闻的时候，老板找人来叫我过去。来到老板办公室，我见老板正坐在大班台后面，眉头紧蹙地低头看着什么材料，看到我进来，一抬手把那份材料往我面前一递，满脸阴霾地吼道："这是怎么回事?！你的账怎么会差了两万块钱? 你知不知道谎报业绩的严重后果?！"

递过来的是我的业绩报告和一张财务的银行对账单。

差两万块钱? 怎么可能?

对账单显示，有两万元销售款没有汇到账。公司有公司的规定，此时就算我私人掏出两万块补上，也不能挽回单据与账目不符的过失。按规定，我下半年的提成金以及年终奖全泡汤了。

这一天我郁闷到了极点，我明年所有的个人财务计划全破灭了，什么西藏旅游、买新笔记本电脑，全成了泡影。

我打电话去银行查对，告诉我说，昨晚有人通过电话银行的方式将我汇出的钱转走了两万。那人知道我的密码和私人信息，银行没理由不转。我追问是男是女，转去哪里了。银行回复是，根据保密制度，无可奉告。

我猛然想起昨天收到的那封信"……否则，罚！"电话从我手中滑落，我瘫倒在了座椅里，全身冰凉。我忽然萌生了一个念头：我要杀人，我要杀了那对狗男女！拿回我的钱！

茫茫人海我去哪里找那该死的胡楂男和贱人长发女？就算他们真那么倒霉，让我再次遇上，可我从没杀过人，怎么杀？我能行吗？

下班后，我垂头丧气地往家赶，心里琢磨着马上又要出差广州跑业务的事。对这样奔波的生活我忽然感到了几分厌倦。

回到公寓大楼，在楼道里，我刚准备打开信箱查看信件的时候，心里有一种莫名的感觉，会不会……果然！信箱里又多了一封没有地址没有邮戳，却清清楚楚写着我的名字的信！

我迫不及待地打开，只见上面写着："晚9点30分，南湖公园，杀胡楂男、长发女，奖三万……"里面还详细介绍了如何杀人以及毁尸灭迹的方法！

我兴奋得"哈哈哈"大笑了三声，楼里进出的人们惊异地望着我，他们哪里体会得到我内心的狂喜。

我睡了一觉，到晚上9点半，来到南湖公园，果然找到了这对狗男女。按照信里告诉的方法和步骤，我很顺利地干掉了他们。原来杀人并不是想象的那么难。当然，尤其在有高手的指导下进行。

处理完尸体，我迅速回了家。准备赶紧上网查一下我的银行账户时，突然发现自己的电脑开着。难道有人来过？我心里一阵紧张，说不定有谁正躲在我家里的某个角落，随时可能冲出来。忽然凳子发出了拖拽移动的嘎嘎声！难道有鬼？！我惊骇得跳了起来。

仔细一看，原来是我先前过于紧张，大腿不自觉地推挤了凳子，凳脚与地面摩擦发出的声音。我拍拍胸部松了口气，暗想也许是我临出门前忘了关电脑，重要的是我的银行里的钱是不是真的多了。

网上银行的对账系统显示，我的存款果然多了三万块钱！我情不自禁地哈哈大笑起来。反正该拿回的钱都已经拿回来了，明天一早我就要离开这座该死的城市，再也不会有那该死的信来打搅我了！再也不需要被迫去杀人了！

第二章

在这两则日记残片下面，张哥插入了警方的刑侦笔记，为了便于讲述，让整个案件更条理清晰，我将警方刑侦的那些笔记稍微整理了一下：

警官李达匆匆来到马科长的办公室，递上一份刚刚拿到的验尸报告。

“马科长，”李达望着正急切查看报告的马科长，“要不是那个钓鱼者碰巧钓起那一包肢解的尸体，这个案子恐怕永远都难以被人发现。”

马科长皱起双眉：“嗯，湖底各处打捞上来的尸块拼接出来证实是一男一女，年纪都在二十五岁左右。他们头部对应的一侧都有撞击的痕迹。”

李达接过话：“是啊！凶手的确很厉害，估计是趁二人不备，突然从后面将两人的头猛烈对撞。这样他俩还没来得及反应和发出任何声音就已经昏倒。然后凶手把他俩拖到僻静处进行了肢解。”

马科长点点头：“我们找到的作案现场没有发现任何有利的线索。虽然找到了作案用过的带血的塑料雨衣，以及裹脚的厚塑料布，但对于凶手我们还是一无所知。”

“这家伙也太狡猾了！”李达恨恨地说，“他包着脚走，一来不会发出声音，二来地上就算留下脚印，也无法确定鞋型和尺码，这就无法知道这个人的高矮胖瘦。不过，奇怪的是，为什么我们在他的雨衣里连一根头发都找不到呢？正常人一天都要掉四五十根头发，没有头发根本无法做DNA提取，以确定凶手的血型等资料。还有就是通常凶手作案后都会抛弃凶器，可我们什么也没找到。”

马科长在屋里来回踱着步子：“通知南湖公园管理处，警告谈恋爱的男女不要在夜间跑到阴暗僻静的地方活动，一定要注意安全！以防凶手再次作案。”

“这些年轻男女，谈恋爱去去电影院呀逛逛商场呀，不是挺好吗？什么地方不好去，就爱往没人角落钻，搞浪漫连命都不要了，真是活……”李达立刻意识到自己说错了话，赶紧打住，转移话题，“马科长，我们查过了，这对男女生前并无仇家，估计是一起变态杀人案件。”

“是啊，这就加大了我们的侦破难度。现代社会变态者越来越难以辨识了，说不定平时和蔼可亲的邻居，或者学校里睡上下铺的同学都可能是变态杀手，杀一个人根本不需要任何动机和理由。”

日记残片继续……

9月4日 小雨

我没有理由再担心什么，没有任何人知道我会突然改变行程不去广州。他们更想不到我竟然还在北京。在酒店登记姓名时，我用的是假身份证。这年头，哪个出门搞推销的人没几张假身份证？

我想，这下子谁也找不着我了，就算是我自己也想不到会这样。一切都是临时决定的，并且这家朝阳酒店也是碰巧路过就住进来了。

我需要好好休息几天调整和放松一下。

用刚从中关村买来的笔记本电脑上了一会儿网，发了几个电邮到公司，制造我已在广州的假象。

我结结实实地睡了一觉，等我起来的时候已经是日落西山了。我伸了伸懒腰，一天没吃饭，得去叫点东西吃。我随便披上件外套往门外走，刚到门口我停住了脚步，心腾的一下提到了嗓子眼，全身一阵发寒，仿佛突然跌入了冰窟窿。

一封没有地址、没有邮戳，方方正正写着我名字的信被从门缝里塞进来，稳稳地躺在门边的地毯上！

为什么会这样？！根本不可能有人知道我在这里，这该死的信怎么像幽灵般地又跟到了这里？！

我正在犹豫，突然间传来了砰、砰、砰的敲门声！这个时候会是谁来找我？！难道……

我慌乱地四处寻找着可以用来攻击的武器，我在电脑包里竟然找到了一把瑞士军刀！这是我杀那对狗男女用的刀，明明被我抛弃了，怎么会又在这里出现？！

敲门声越来越急促！我顾不上想这么多，拿起刀冲到了门边。

"谁！"我把刀紧紧握着，做出随时可以捅出去的姿势。

"房间服务！您叫的晚餐到了！"

我根本没叫什么晚餐！我将门慢慢地拉开，只要他一进来我就是一刀！

"这是什么？"我将刀藏到了身后。

"一份扬州炒饭、一份松鼠鱼、一份蒜蓉西蓝花，还有一份玉米莲子羹，您检查一下，都齐了。请您在这里签个字，谢谢！"

我稀里糊涂地签了字："我想问一下，这是谁点的餐？"

"不是您自己点的吗？这里不是405号房吗？我没送错呀？！"

算了，问了也是白问，他一个小服务员什么也不知道。管他谁点的，我正好饿了，吃了再说。

被他这一打岔，我心里反倒平静了许多。一边吃着饭，我一边拿起信来看。

"烧死邻居刘老太，奖金两万。方法如下……"

我津津有味地读起来，仿佛在看一篇精彩的小说。我不得不佩服这个神秘人的智慧，这样烧死刘老太实在是太高，并且不留任何作案痕迹。

我只是奇怪，他为什么不去找别人干这事，却死盯住我不放呢？不管他那么多，按他的方法，既没风险，还有钱收，何乐而不为？

在这则日记下，警方的刑侦笔记是这样子的：

当马科长赶到雄奇公寓4楼的时候，大火早已被扑灭了。楼道里拉起了警戒线，消防队员正在陆续撤离，几个穿白制服的人员抬着个担架往外走，上面是个拉上拉链的黑长塑料袋。如果不知道那里面是一具烤焦的尸体，隐隐透出的气味会让人感到有点像烤肉店牛肉烤煳的味道。穿着制服和便装的各类警务人员正忙活着各自的现场工作。

李达从里屋走了出来："马科长，初步鉴定是做饭的时候，煤气炉操作失误引发的大火，是一起意外事故。刘老太是个孤寡老人，无儿无女，在本市也没有亲戚。据了解，老太太虽然平时不爱与人接触，但也从未发现得罪过任何人，暂时排除了他杀的可能。"

马科长仔细查看着厨房里的一切，他用镊子夹起了一块似乎是烧焦的塑料薄膜残片。小李一见马上解释："可能是刘老太正在炒菜的时候，从冰箱取东西，手里拿着保鲜膜，不巧接触到火苗，引发大火烧身，加上附近有油……"

"保鲜膜引起的火能把整个厨房烧掉吗？"马科长斜瞪了李达一眼。

李达哑口无言，想了想，嘟囔道："门反锁着，现场也没有发现任何其他人在场的证据，再说……"

马科长这时走到了窗边，烧得黑乎乎的一扇窗半开着，他顺势望了出去。忽然问道："谁住在她家隔壁？"

"老太太是403房，隔壁是405。我调查过了，是个搞推销的单身汉，叫梁迪，去了广州，有不在场的证据。我特意打电话去他公司核实过了。"李达对自己工作做到了前头感到很得意。

"过去看看！"马科长斩钉截铁。

来到门前，敲门果然没人应。马科长回头望着李达，"把门打开。"

"这好像有点违反规定吧？"李达望着马科长炯炯的目光，不敢再说什么，掏出万能钥匙打开了房门。

屋里比较杂乱，很典型的单身汉居住的房间，沙发前的茶几上散落着一堆信件。

马科长从浴室的窗户望了出去，正好透过隔壁的窗户清楚看到刘老太厨房里的情景。李达在一旁仿佛明白了什么：“您意思是，有人从这里纵火？可是他怎么能……”

“要是我用保鲜袋做成气囊注入液化气，再装入一小块固态二氧化碳以保证一定的重量。然后我趁对面做饭的人转身的工夫，从这里抛到厨房的煤气炉上，你说会怎样？”

李达若有所思：“如果把手伸出去，离刘老太厨房不到两米的距离，倒是不难抛东西过去。老太太年纪大了，一旦有意外发生，会很难自救。可杀人动机是什么呢？又会是谁？”

马科长没有理他，独自踱入了客厅。他对电脑桌旁镜框里的一张照片发生了兴趣。那明显是男主人旅游期间拍的照片，里面是一个光头的年轻小伙。

马科长坚定有力地说道：“马上通缉连环杀人嫌疑犯梁迪！”

第三章

档案翻页后，日记继续……

10月11日　阴转晴

这段时间实在太忙，忙得想写点东西都抽不出时间。这已经是我杀的第五个人了。我银行账户里的钱在不断增多。从开始杀人时的恐惧，然后是兴奋和成就感，到了现在我已经开始麻木甚至有些厌倦了。其实，我杀人真不是为了钱。

我已经换了十个住处，可不管我到哪里，不管我用什么方式逃避。那该死的信总能准确无误地送到我门口。并且如果我不按照信上指示的去做，后果不仅仅是罚款这么简单了，而是成了生命的威胁。前一次因为没有按期完成任务，第二天早上起来的时候，我的一根手指被莫名其妙地削掉，我想反抗却找不到复仇的对象！

这个神秘人像个鬼魅一样始终躲在阴暗的角落里指挥着我、控制着我，用那一封封该死的信！我发誓，一定要找到他！跟他来个彻底的对决！再这样下去，我很快就会疯掉。

于是，这七天来，我一直整日整夜不睡，两眼眨也不眨地静静守候在我所住旅店的对面。我一定要搞清楚，到底是谁在不断给我寄送那一封封夺命的信件。

时间一天天过去，果然不再收到新的信件。我想这一切终于过去，这次换的住处终于没有被跟踪发现，我终于可以开始新的生活了。

然而就在昨夜，七天的煎熬我再也坚持不住，浑浑噩噩中我疲惫地睡去。今天一大早我照常回到了旅店房间去洗漱，一推开门，一封没有地址、没有邮戳、写着我名字的信，端端正正地摆在了地上！

你给我出来！我疯狂地大喊。我突然强烈地感受到这个人，不，这个东西就在我的周围，甚至就在我的背后！他故意在折磨我，在我精疲力竭的时候再次出手，他想彻底让我崩溃！

他离我越来越近！一个人走在楼道里的时候，我会隐隐感到身后轻微得几乎听不见的脚步声。猛一回头他却又消失不见！我绝对肯定，那不是错觉，他一定在那里！

洗脸刷牙抬头照镜子的时候，我几乎能清楚地捕捉到他那瞬间消逝的脸！那是一张男人的脸！

我不相信这个世界有鬼魂。但他到底是什么？是时空穿梭过来的人吗？还是传说中的隐者？可他为什么偏偏要找上我！！！

卫生间里忽然传来轻微的滴水声，那一定是他，我要冲过去看看！……

这则日记下面，清晰地记录了犯罪嫌疑人投案自首的情况：

马科长独自坐在办公桌后，埋头于一堆卷宗里。这段时间以来，连续的杀人毁尸案搞得他焦头烂额。抓捕那个叫梁迪的嫌疑犯的行动也一直没有任何进展，这个人就好像从地球上消失了一般。他几乎可以肯定，这个人一定就是那个变态杀手！可是他人会躲在哪里呢？

当前唯一获得的线索是，从他公司得知他已经很久不跟公司联系，并且携款潜逃。警方对公司提供的梁迪的电子邮件地址进行了二十四小时的监控。可是，梁迪最后一次发邮件是他声称去广州那天。等警察追踪到朝阳酒店时，他已经离开了，下落不明。

正在百思不得其解，忽然李达匆匆从外面几乎一路狂奔了进来。

“报……报告马科长，梁迪……梁迪来投案自首了！”

“什么？！”马科长腾的一下从座椅上蹦了起来，“他人在哪里！”

审讯室里，梁迪静静地坐在审讯台对面的椅子里。他虽然一脸憔悴和落魄的样子，但可以感觉出来，他此刻的精神状态很好，神志也非常清醒。

“你的姓名和年龄！”

“我叫李大伟，今年二十七岁。”他的回答也异常的冷静和清晰。

李达愣了一下，望了望马科长。

随后的审讯进行得很顺利，“李大伟”供认了所有的杀人事实，并详细交代了杀人经过和细节。一切都完全符合实际情况。

可是有一点非常矛盾，他始终坚持自己叫李大伟，他也从来不认识什么梁迪。对于推销员的身份和他所服务的公司回答得也都准确无误。

“我患了严重的梦游症！”“李大伟”坦白，“在梦游过程中我变成了另外一个人，然后给自己写信，命令自己去杀人。我也不知道为什么会这样。”

“哦？那你是怎么知道自己有梦游症的？为什么这么确定信是你自己写给自己的？”李达边问边做着笔录。

“开始我也不知道，一直以为是什么神秘人给我寄的信，甚至还怀疑过是什么鬼。当然了，这个世上不可能有鬼。可是，慢慢我注意到，每次信出现的时间恰恰都是在我要么睡觉起来，要么打盹之后。你不觉得这很奇怪吗？并且不论我去哪里，信总会如影随形必然跟着就来，难道你相信真有这么个人成天在跟踪我吗？那他又会是谁？”李大伟扫视着对面这些警察的脸，他倒成了发问者。

“并且我为了找出这个寄信人，连续守候了七天七夜！为什么我实在挺不住睡过去后，一醒来信就到了？唯一的解释就是，我梦游过程中变成另外一个人，写了这些信，然后放到了门口。我想，这正好解释了你们提到的这个梁迪，说不定就是我梦游过程中使用过的身份。”

“那你收到的那些信件呢？”马科长问了这个关键性的问题。

“作为罪犯谁会想留下证据被抓到呀？当初我也不想。我自然会在每次收到信后把它毁掉呀。可是，自从我发现这一切的元凶就是我自己之后，我不能再让事情这样继续下去了。我一定还会继续杀人，还会继续给你们添更多的麻烦……”

这何止是“添麻烦”这么简单！那可是一条条生命呀！

“这就是你写给自己的杀人命令吗？”马科长出示了一张从他家搜到的那封信。

“不！不是！绝对不是！上面有详细的杀人时间、地址和方法，这张白纸一定是谁事后替换的！或者我自己毁了？但这封我好像没来得及毁呀？最开始也没经验……”

张哥在警方笔记下面备注了一行字：案件的侦破虽然到此告一段落，可还是迟迟无法结案。因为虽然这个自称“李大伟”的梁迪能够描述出所有的杀人细节，但是警方却丝毫找不出任何的行凶证据。也就是说，除了这个“李大伟”自述部分外，没有任何的证据显示他与所有的杀人案有直接的关系。并且，表面上看不出他有任何杀人动机。毕竟，那唯一能说明问题的所谓信件能找到的那一封还是空白信。

第四章

看完日记残片和警察刑侦笔记后，我跟张哥说：“根据办案程序，照例要对犯罪嫌疑人进行精神分析，所以你是精神鉴定专家团中的一位喽？”

“是的，根据警方提供的资料和我们初步对梁迪的判断，我们认为他患的不是‘梦游症’，而是‘双重人格分裂症’，虽然他有‘梦游症’的症状，但化成为‘李大伟’这个人的时候，他拥有一个与‘梁迪’的记忆、行为、偏好完全相反的完整人格，是典型的‘双重人格分裂症’！”说到这里的时候，张哥突然问我，“小子，考你的时候到了！一般的‘双重人格分裂症’是什么症状？”

“咳，张哥你自己刚刚不是说了嘛。”不过他既然这么问，自有他的深意，于是我像小学生答题似的认真地回答道，“一般说来，在任何特定的时间段，内陆诸意识层的只有一种身份，称为主体人格。此时所有的情感、思想和言行都按照主体人格的方式活动，不显出另一身份的痕迹。不定期一段时间，通常是在受到精神刺激之后，可突然转变为另一种完全不同的身份，一切情感、思想和言行按照后继人格的方式行事。这时，个体对过去的身份完全遗忘，仿佛从心理上另换了一个人。从一种人格到另一种人格的转化通常是突然发生的，当后继的人格开始‘执政’时，原先的主体人格是意识不到的，并忘却之前已发生过的事情。”

“完全正确，按理说‘梁迪’和‘李大伟’这两种人格，彼此是进不了另一方的记忆，几乎意识不到另一方的存在，可是我们研究发现，他的这两套人格不但人格记忆和行为有相重叠之处，而且二者竟然相互交融在一起！”

“啊，真有这等事啊，以前我只在怪诞心理学书上看过，没想到现实生活中真的存在这么奇特的案例啊？！”我大吃了一惊。

“嗯，这一发现，让我们专家团对他更有兴趣了。开始深入研究他。这时，更怪异的事情发生了……”张哥一惊一乍地说，“在深入研究梁迪的时候，他一直都非常配合我们，然而有一天，他霍然利用我们研究人员的信任，差一点逃出了精神病院；还有一次，他利用不知道从哪儿学来的逃生技巧，从精神病院逃出去了，正当我们想要全城搜捕的时候，他自己又自动投案了，声称自己也不知道为什么要逃，反正一觉醒来，发现自己人在外面了，看到电视里自己的通缉启事，连忙投案自首！”

“我去，这也太牛 × 了吧。”我忍不住感慨起来，“莫非他还有第三个人格不成？”

“是的，有了这两个事件后，我们经过诱导，发现梁迪还拥有第三个人格，就是这起‘连环杀人案’幕后指导，这个人格叫‘张来’，也就是说他一共身兼三个人格，第一个人格是‘梁迪’，第二个人格是‘李大伟’，第三个人格是‘张来’。‘梁迪’胆小怕事，常感焦虑和抑郁，生活中依赖性很强，‘他’对‘李大伟’和‘张来’一无所知；‘李大伟’独立性强，非常有自己的主见，‘他’知道‘梁迪’一点，有时候还会通过梦境对‘梁迪’进行简单干预；而‘张来’是三种人格中最厉害的角色，‘他’既博学又狡诈，对‘梁迪’的一切了如指掌；对‘李大伟’的行为也稍有了解。”张哥顿了一下，接着说，“在治疗中，我们通过催眠诱导发现，‘李大伟’是从梁迪 17 岁的人格中分裂出来的，那一年他相恋两年的初恋女友移情别恋爱上了他人，他大受打击，一时想不开，跳河自杀，好在刚巧有人路过救了他。‘张来’是梁迪上班后，一直混得很不容易，对社会产生了怨恨，想以杀人宣泄情绪——于是便又分裂出‘张来’人格，以处理这种犯罪冲动，这起连环杀人案就是‘张来’暗地里策划，然后要挟懦弱的梁迪实施……”

说到这里的时候，我们已经到达北京 ××× 精神病院，张哥带着我来到了关押梁迪的特殊病房。见到梁迪的第一眼，我略微有些惊讶，没想到他会如此消瘦，文文弱弱的，好像一阵风就能吹跑。不过他的精神状态很好，看到张哥了，主动跟他问好：“张医生，你来了啊！下午好，咦，新来了一位朋友，张医生，你介绍介绍呗。”

“是的，带了个朋友过来看望你，他也是我们咨询中心的心理咨询师，叫欧阳子瑜，你叫他欧阳就成。”张哥笑着为他介绍道。

梁迪于是跟我打了个招呼，我连忙回了个。

张哥问：“今天怎么样？”

梁迪眉头紧皱地说：“唉，饭菜还是不大好吃，我觉得咱们精神病院大厨的水平真不怎么样，炒菜不是少放盐就是多放了油，真为他着急，还有啊，环境也不大好，旁边的邻居不是这个大吵大闹，就是那个满地乱跑，没一个安分的，唉，跟一群疯子在一起实在是太痛苦啦……”

一听这话，我就乐了，心中暗暗地说：还说别人疯子，你自己不就是个疯子吗?

张哥安慰道:“大锅饭就是这样的啦,我下次来的时候给你带点外卖怎么样,你想吃哪家的?”

梁迪吧唧了几下嘴巴说:“好久没吃锅包肉了,张医生下次来的时候能不能给我带一份锅包肉啊?”

“没问题。”

“就知道你张医生仗义,不像其他专家,见谁都拉着一张老脸,好像别人欠他钱不还似的,做人嘛,开心最重要,干吗整天仇大苦深的,你说对不对!”

我去,竟然还劝导别人了,看他语言抑扬顿挫、条理分明、逻辑清晰,如果不是在这样的特定场景下见到他,我简直不能相信他是个患有精神疾病的病人!

“对对对,人生苦短,做人就得这样。”张哥回答道。

“对了,张医生。”梁迪似乎想到了什么说,“上次拜托你帮我向受害者家属道歉的事情你办了吗?”

“我从警方那边拿到了受害人家属的联系方式,一一打电话代你道歉过了。”

梁迪神情有些黯然地说:“嗯,谢谢了,下次如果有机会站在他们面前,我一定会再向他们致歉的。”

“事已至此,你也别想太多,你这不是有病吗?安心接受治疗吧,你会好起来的!”

张哥又安慰了他几句，然后就带我离开了。

关于梁迪的后续情况，我是多年后得知，在张哥他们专家团的精心治疗下，梁迪其他两个人格终于完全消失了。康复之后，本来他可以出院的，但是他执意不肯，后来留在精神病院里当了一名义工。

（第一季完）